启真馆 出品

三味
书屋

也是人间小团圆

瓦 当 著

ZHEJIANG UNIVERSITY PRESS
浙江大学出版社

目　录

第一辑

一场革命背景下的反动文学暴乱

"二战又回到地球上来了，应该轮到咱们智利人欢迎大战了。"一个名叫诺尔贝托的囚犯哈哈大笑着说，而驾驶着梅塞施密特式战斗机正在天空写诗的无耻之徒拉雷米斯·霍夫曼则被誉为纳粹空军王牌飞行员汉斯·马赛转世。这是《美洲纳粹文学》中的一个场景。它所对应的历史现实是：没有成为二战战场的拉丁美洲却在战后成为大量纳粹分子的逃亡地和世外桃源。保罗·舍费尔在智利境内建立的袖珍纳粹殖民地，直到1997年皮诺切特卸职才告解体。《美洲纳粹文学》中提到的新生移民镇写的正是这个国中之国。从这些背景来看，《美洲纳粹文学》这部杜撰之作绝非空穴来风。尽管波拉尼奥对以马尔克斯为代表的魔幻现实主义向来不以为意，但他面对的却是同样一个充满魔幻与纠结的大陆。

似乎出于某种混乱的激情，同样是在二战之后，拉丁美洲向世界贡献了切·格瓦拉。这位国际共产主义战士、引领战后第三世界革命的伟大英雄，如今却戏剧性地成了全球流行文化的标志符号。1973年，受格瓦拉的《摩托日记》影响，早已随父母迁居墨西哥的19岁的波拉尼奥毅然回到祖国智利，投入支持人民团结阵线领导人萨尔瓦多·阿连德的政治运动。在随后皮诺切特将军发动的政变中，作为总统的阿连德殉难，波拉尼奥和一批热血青年也因此入狱。这段短暂经历在波拉尼奥心中留下了持久的光荣和创伤，以至于后来屡屡书写。

风云变幻的现实，呼唤风云变幻的写作。波拉尼奥的横空出世，可以被认为是在拉丁美洲文学爆炸之后的继续革命。《荒野侦探》《2666》等重磅作品在全球引起的轰动，标志着他仅凭一己之力掀起了又一次拉美文学爆炸。如果这本《美洲纳粹文学》所记载的人和作品确有其实，则不啻一场反动文学暴乱。

与《2666》那种"总体小说"（novela total）不同，《美洲纳粹文学》是一部由92篇长短不一的生平简介组成的作家辞典。收录其中的这些纳粹文学家中，有人在自己作品中大玩"希特勒万岁"的藏头诗，有人曾作为志愿者远赴西班牙参加佛朗哥军队，有人认为希特勒是欧洲的恩人，能具体接近权力让他感激涕零。有人尚是婴儿时被希特勒抱过，这张照片陪伴她走完一生的道路，"甚至在梦中还能感觉到希特勒有力的肩膀和在她头上呼出的热气，还说也许那是她一生最美好的时光之一"。还有人提出带有纳粹色彩的多项主张，诸如：恢复宗教裁判所，为避免阿根廷种族异化而消灭印第安人；削减有犹太血统的公民的权利；大量吸引来自斯堪的纳维亚半岛的移民，让国民的皮肤逐渐变白；等等。

波拉尼奥无意于过多讨论政治，他表示自己谈的虽然是美洲的纳粹作家们，但事实上，他要说的是"整个看似伟岸其实卑劣的文学界"。因此，他的笔下极尽揶揄嘲讽之能事——拉库蒂尔嫉妒老婆的才华，他报复的手段是玩别的女人。亚马多·库托致力于写出有巴西特色的犯罪小说，精神病人路易斯·丰泰那写出了《驳伏尔泰》《驳狄德罗》《驳孟德斯鸠》等杰作。依靠抄袭与剽窃，千面米雷巴莱斯在文坛登龙有术。

　　如果说切·格瓦拉是波拉尼奥的精神教父，凯鲁亚克则是他当之无愧的文学导师。波拉尼奥继承了"垮掉的一代"的疯狂与野蛮，字里行间散发着浓烈的荷尔蒙的味道，狂放、恣肆，恶搞无极限。他借胡安之口抨击卡塔萨尔，骂他"不真实又嗜血"，博尔赫斯的小说则是"拙劣而又拙劣的仿制品"。他写到奥巴依暴打金斯伯格，起因居然是金斯伯格诱骗他做爱。风烛残年的瑞芬斯塔尔和恩斯特·荣格尔竟然也在做爱，这可以看作是对马尔克斯《霍乱时期的爱情》中费尔比纳和阿里萨做爱场景的戏仿。在阿亨蒂诺的剧作中，充满了拉伯雷式的狂欢。在书的结尾，他更是煞有介事地编造了洋洋洒洒十几页的注释和参考文献。不得不承认，波拉尼奥以假乱真的本领实在是太高超了，《2666》中虚构的德国作家阿琴波尔迪曾被一些德国文学专家误认为确有其人，《美洲纳粹文学》中文版刚刚出版两个月，其中的部分虚构人物已经赫然登上了百度百科的条目，令人瞠目结舌。

而在我看来，波拉尼奥最迷人之处莫过于在他粗粝、放纵、含混的激情背后，不时闪耀出星星点点的悲怆和忧伤。在他笔下，路易斯·丰泰那猝死前"正在听阿根廷作曲家蒂托·瓦斯克斯的唱片，正在向窗外张望，看着里约的夜晚降临、过往的车辆、人行道上闲谈的人们、闪烁明灭的万家灯火和关闭的窗户"。露丝在心爱却无法得到的卡劳迪亚被杀后，独自驾车返回布宜诺斯艾利斯的路上，突然撞进加油站，"爆炸声震天"。一心想成为作家丰塞卡的亚马多·库托，在有如暗恋的期待中悬梁自尽。无耻之徒拉米雷斯"这样的硬汉有别于欧洲人或美国人，是一种悲哀和不可避免的生硬和冷漠"，"他的外表不像是悲哀的样子，而这恰恰是一种无尽的悲哀"。

就像无论革命还是纳粹，都以失败告终，笼罩两者之上的同为生不逢时的失败的命运和死亡的虚空。借用书中一个章节的标题，波拉尼奥写的是"易变的英雄们或曰镜子的易碎"，其中寄托着对包括自己在内的20世纪50年代出生的"牺牲一代"的深深哀悼。这个看似无法无天的顽童，骨子里更是一个忧郁到不可救药的诗人。波拉尼奥雕刻出了一幅失败的群像，刀锋精准、凶狠、毫不拖泥带水，宛如一个加强版的巴别尔。文本之间的巨大张力来自绝望的激情，仿佛一片破碎的大陆被痛苦的河流缝合在一起。

《美洲纳粹文学》的情节贯通着《荒野侦探》和《遥远的星辰》的写作，印证了娜塔莎·温默的评价："波拉尼奥所有的作品都是一个规模更大的小说河流的一部分"，"作品中随处可见各种重复的活动、相似性以及回声，这并不是象征着无数重叠的世界，而是象征一个独立的世界在穿越不同的化身"。波拉尼奥泥沙俱下的写作很难称其为完美，但毫无疑问属于这个世界上最宽广与丰沛的创造之列，有如大地、天空。

　　《美洲纳粹文学》，[智利]罗贝托·波拉尼奥著，赵德明译，上海人民出版社2014年5月出版

并不存在的费尔南多·佩索阿

世界上的写作者大致可以分为两类，即费尔南多·佩索阿和其他写作者。这句看似玩笑话的逻辑在于：几乎所有的写作者都致力于自我的呈现，唯有佩索阿致力于自我的消失。

"佩索阿"一词在葡萄牙语里含有"面具"的意思，这位生前默默无闻，死后却被誉为欧洲现代主义核心人物的神秘诗人，一生中用过70多个异名（非笔名）。他把大量风格迥异的诗作分别归于自己虚构出来的三位诗人——坎波斯、雷耶斯和卡埃罗名下，不但如此，他还虚构了三位诗人的生平以及相互之间的来往书信。《惶然录》最初的作者则是一个名叫文森特·格德斯的年轻人，五年后，佩索阿解雇了他，托名伯纳多·索阿雷斯重新写作。索阿雷斯是卡埃罗的粉丝，还计划出版佩索阿的作品，他与现实中的佩索阿职业一样，也是一名外贸公司的会计。

除此之外，佩索阿创造的异名人物还有英语诗人查尔斯·罗伯特·安农和亚历山大·舍奇，法语诗人梅鲁莱特，新异教主义首席理论家安东尼奥·莫拉，以及致力于翻译卡埃罗的托马斯·克罗斯，大胡子占星家拉斐尔·巴尔达伊，暗恋安东尼奥·莫拉的驼背跛脚女工玛利亚·何塞……这些他一手虚构的人物组成了人丁兴旺的文学家族。他们不是像博尔赫斯的《恶棍列传》或波拉尼奥《美洲纳粹文学》中的人物那样仅有一份履历表，而是各自真实作品的拥有者。然而他们仍不满足于此，进而竟然侵入作者的生活——坎波斯就曾直接写信给佩索阿的心上人奥菲利亚·奎罗斯，劝她将对他的爱扔进马桶里冲走。创造他们的作者最终被他们取消，"严格地说，费尔南多·佩索阿并不存在"——坎波斯如是说。

佩索阿为什么这样做？这样做的意义何在？如果不能理解这一点，就无法进入佩索阿的世界。为了理解佩索阿的这一行为，有必要提到另外两个人：一是克尔凯戈尔，一是鲁迅。

克尔凯戈尔一生留下的9000多页文字中，用了很多假名，而他的中文译名之多，也是匪夷所思——克尔凯郭尔、克尔凯戈尔、祁克果、齐克果，基尔克哥、基尔克果……鲁迅则在《文化偏至论》中称他："至丹麦人契开伽尔则愤发疾呼，谓惟发个性，为至高之道德，而顾瞻他事，胥无益焉。"鲁迅也用过近两百个笔名，更重要的是：是否可以把鲁迅的杂文、诗歌、小说看成是完全不同作者的作品？有很多人替鲁迅感到惋惜，认为他应该集中精力写小说，而不应该浪费精力写那些"速朽"的杂文。我想，这是由于不了解鲁迅。那些杂文对于鲁迅同样重要，没有它们，鲁迅也不成其为鲁迅。

能不能实现自我分裂，其实是一个伟大作家与风格作家的重要区别。伟大作家的内心与外部世界有对称之美，有高山也有峡谷，有激流也有平川，充满自我否定、自我对话的张力。所谓纯粹，往往只是二等才华的托词。佩索阿与克尔凯戈尔、鲁迅一起揭示出写作行为所具有的戏剧化特征，大大拓展了作者的形象和叙事的可能。佩索阿分身无数，使他得以向着人类精神的所有方向同时突围——"我一寸一寸地征服了与生俱来的精神领域，我一点一点地开垦着将我困住的沼泽。我无穷无尽地裂变自己，但我不能不用镊子把我从自我中夹出来。"

除了克尔凯戈尔和鲁迅，佩索阿还可以看作是卡夫卡的近亲。两人在世时同样是一位小职员，同样只活了四十几岁，同样终身未婚；同样生前默默无闻，死后被追认为世界文学大师，同样在自己的笔下呈现出了地狱般的孤独。但两者的不同也显而易见：卡夫卡所有的文字都带有卡夫卡的烙印，佩索阿的作品则拥有无数个化身——"我是人群！"卡夫卡凝结在他的作品深处，像一座雕塑，佩索阿则消失在他的作品中。与卡夫卡相比，佩索阿的世界更加接近无垠。卡夫卡在废墟中成就了自己："如果一个人活着的时候不能应付生活，就该用一只手挡住对命运的绝望，用另一只手匆匆记录下废墟中看到的一切。因为你与别人看到的不同，而且更多。总之，在你的有生之年，你已经死了，但你却是真正的获救者。"佩索阿却愿意"在我不知道的旗帜下成为另一个死者"。卡夫卡在地洞里思考着世界，佩索阿在他的小阁楼里思考着宇宙。

佩索阿另一个有别于卡夫卡之处在于，他有一种不可阻挡的温柔——"面对着我现实中的账本，面对着我给他人记数的账本，面对着我使用过的墨水瓶，还有不远处 S 弓着背写下的提货单，我的眼里充盈着泪水。我觉得我爱这一切，也许这是因为我没有什么别的东西可爱，或者，即使世上没有什么东西真的值得任何心灵所爱，而多愁善感的我却必须爱有所及。我可以滥情于区区一个墨水瓶之微，就像滥情于星空中巨大无边的冷漠。"温柔是对世界的软化，对工业时代、战争、专制、粗糙的生活，对一切坚硬事物的最决绝的反抗。卡夫卡被誉为地狱里的天使，佩索阿也当之无愧："仿佛地狱正在我体内大笑，倒不是笑魔现身显灵，而是僵死世界的狂呼，是物态领域诸多尸物的环绕，还有整个世界在空虚、畸形、时代错误中每况愈下的终结。没有创造这个世界的上帝，没有唯一的、创造万物的、不可能存在的上帝，旋搅这黑暗中的黑暗。"

在通往黑暗的过程中，每个人都认领各自的命运，我们分到了身体和时间——歌德所称的"最大的田亩"。人生最大的悲哀莫过于只能活在一个生命里，这是由时间的单向性和身体的唯一性所决定的。我们被赋予了这样的身体，努力接受这样的命运。但佩索阿却不甘心如此："就像人类的幸运在于，每一个人都是他们自己，只有天才才被赋予成为别人的能力……因为我是无，我才能够想象我自己是一切。"

生命短暂，时间永恒。进入永恒只有一个渠道，就是使时间停止。佩索阿吟咏着："停下来，成为不可知的外界之物……停下来，一停永逸，但还以另一种形式存活，就像书本翻过去的一页，像松开了辫结的一束散发，像半开窗子朝外打开的一扇，像一条曲径上踏着沙砾的闲散脚步，像一个村庄高高上空倦意绵绵的最后一缕青烟，还有马车夫早晨停在大路边时懒洋洋地挥鞭……让我成为荒诞，混乱，熄灭——除了生命以外的一切。"佩索阿通过赋予自己他身之感和对时间停止的吁求，战胜了此在的纠缠，进入了永恒。精神的最高境界不是凸现自我，而是舍弃自我，是化为阳光雨露渗入万物，与万物同在。他的语言也打破了能指与所指的界限，在看似松散的情况下，得以高密度地无限地呈现。

《惶然录》很容易让读者联想到波德莱尔和本雅明，其中描绘的里斯本街景和波德莱尔笔下的巴黎拱门街都是非常经典的速写，本雅明也写下了栩栩如生的柏林。在这一点上，他们都是非常称职的漫游者、观察者。另一方面，佩索阿又像普鲁斯特那样带有孩子气的自恋和伤感，他的目光深情抚摸着一个墨水瓶，一个陌生人，一场雨，他对睡眠临近的描写堪与《追忆似水年华》著名的开头媲美："我感到半影状态的优越正从我的身上滑离而去，我不时颤动的睫毛之树下有缓慢的河水在流淌，瀑布的低语在我耳中缓缓的脉搏声中和持续着的微弱雨声中消失。我渐渐把自己失落在生命里。"

海德格尔曾说"日常话语是用罄了的诗"，反过来说，诗就是非日常话语。日常话语无法达成诗与思的完美统一。话语的形式和精神是一致的，只有这种话语写出来的世界才是这样的。从这点来看，话语其实是有位格的。《惶然录》诗性的话语通向澄明之境，那里没有绝望、愤怒、怨怼、诅咒，只有无上的欣喜和这种欣喜带来的不安。我想只有从这个意义上才能理解书名中的"惶然"，不是惶惶不可终日的不安，而是一个谦卑者感受到秘密的幸福时的扪心自问：难道，我一个小小的大地的子民，也配领受到这属于天国的宁静这彻底的虚空？正如佩索阿所慨叹的："我的爱啊，我在不安的静寂之中。"

《惶然录》，［葡］费尔南多·佩索阿著，韩少功译，上海文艺出版社1995年5月出版

当我们谈论米兰·昆德拉时我们在谈论什么?

有一个流传甚广的关于米兰·昆德拉的故事——米兰·昆德拉当年去申请移民,却不知道该去哪个国家,移民局的工作人员指给他一个地球仪让他自己选。他反问道:"还有别的地球仪吗?"这是一则流亡者的寓言,幽默、荒诞,暗含着命运的反讽。

从2000年《无知》出版到2013年《庆祝无意义》问世,米兰·昆德拉整整沉默了十多年。这十多年也是昆德拉热渐渐落潮的十年。对于一位已届耄耋之年的作家,"时过境迁"这个词显得过于残忍。但事实无可奈何地表明,昆德拉已日益成为一个老去的文化符号。当他每年都被媒体热炒为诺贝尔文学奖夺奖热门人物时(虽然结果总是令人心酸),总有读者惊问:"他还活着?!"随着冷战结束日远,人们对与之相应的"史前"题材文学作品的阅读兴趣也在不断降温。进入21世纪以后,世界处在新的剧烈的政治、文化变迁中,人们似已无暇回忆。同时,知识与现实事务的复杂化,使得人们开始习惯直接使用政治学、社会学、历史学的专业语言说话,而不再倚重于文学,公共知识分子彻底取代了文学家在大众文化中的明星地位。这十年也是昆德拉发明的"Kitsch"一词由"媚俗"变为"刻奇"的十年，这两个中文译法含义的最大不同在于：虽然二者都指向过度的抒情，但前者意在取悦大众，后者侧重取悦自己。前者尽管红极一时，但后者更切近本源。从 Kitsch 汉语翻译的变化中，也折射出中国读书界对昆德拉长期的误读正回归真实，这为重新解读昆德拉提供了契机。

昆德拉未尝不曾感觉到自己的不合时宜，正如他在《庆祝无意义》中阿兰的眼睛感慨新千年审美的变迁：女孩们全都穿着露脐装，肚脐成为新的性感焦点。伴随着对流行和感伤的模仿，"我们将在重复单一的肚脐的标志下生活"。昆德拉向来视幽默为"天神之光"，他自觉继承塞万提斯和拉伯雷的遗产，将喜剧精神发扬光大。在这部简洁明快的小说里，我们竟也可以看到加里宁的前列腺炎。历史大场景消解在笑声里，唯有笑声能够瓦解一切坚硬的事物。不可否认昆德拉的小说依然是迷人的，但美学上的程式化也到了积重难返的地步——"愉快的结构自由；轻佻的故事与哲学的思考常相为伍，非认真的嘲讽的滑稽的特点"。二十多年前他在《被背叛的遗嘱》中概括的上述原则至今依然成立，甚至在结构上，《庆祝无意义》也与他之前除《为了告别的聚会》之外的所有单行本小说一样，保留着整饬的七章的复调结构。而《身份》《慢》等作品中的虚拟梦境手法，也不出意料地漂移进这部新小说里。

风格既是一个成熟作家的标志，但另一方面也意味着形式的凝结，意味着主题的重复。昆德拉曾在《巴黎评论》的访谈里提及："我的每部小说都可以用《生命中不能承受之轻》、《玩笑》或《好笑的爱》来命名，这些标题之间可以互换，反映出那些为数不多的主题。它们吸引着我，定义着我，也不幸地限制着我，除了这些主题，我没有什么可说或可写的。"

昆德拉一如既往地喜欢谈论，他的小说几乎是为谈论而生。《庆祝无意义》既是一部篇幅短小的中篇小说，也可以看作是一本关于无意义的主题故事集。书中寓教于乐地穿插着许多小故事，如斯大林与二十四只鹧鸪的故事、加里宁与加里宁格勒的故事、阿兰母亲的故事……以及夏尔的木偶剧和夏加尔的画展、卢森堡公园的雕像群和鸡尾酒会，构成一座洛可可式的市集，轻盈、细腻、繁复，散发着罗曼蒂克的气息，也充满众声喧哗。"写作而不制造悬念，不搭起一个故事，不模仿真实；写作而不描述一个时代，一个地方，一个城市；放弃这一切而只与基本的相接触。"（《被背叛的遗嘱》）昆德拉永远是他自己最好的阐释者，或者说他的写作是自己写作理论的注解。这既是他小说中最为独特之处，也是最值得商榷之处。在一定程度上，昆德拉几乎把小说变成了哲学读物，这恰恰可能限制了其文学上抵达的深度。多数情况下，生动和深刻二者毕竟不可得兼，而文学应以生动求深刻，不宜反其道而行之。

与大多数专注于叙事艺术的小说家不同，米兰·昆德拉本质上是一位戏剧诗人，更善于精心营造戏剧化场景，并把戏剧的假定性带入小说中。最经典的例证莫过于《生命中不能承受之轻》中托马斯和萨宾娜在镜中做爱的情景，《庆祝无意义》中最美妙的桥段则属于凯列班和一位萍水相逢的葡萄牙女仆。凯列班"坚持不做法国人，而且要充当一个外国人，只会说一种周围人谁也不懂的语言"。因为自己浅褐色的皮肤，便假装巴基斯坦人。凯列班跟达德洛家的葡萄牙女仆说巴基斯坦语，"她也趁这个少有的机会不讲她不喜欢的法语，也只用母语来说话。他们用两种不懂的语言进行交流，使他们互相接近"。最后的结果是："他们的亲吻有着不可妥协的纯洁。"这种腼腆使他们产生怀旧心理，怀念昔日的纯洁。"尽管我有花心丈夫的恶名，对纯洁却有一种不能消除的怀旧心理"——凯列班深情地说。

　　沉浸于被自己感动，为想象中的自己感动，这都是刻奇的表现。"不仅是对凯列班——他对自己故弄玄虚不再觉得有趣，对我所有这些人物来说，这场晚会都笼罩着愁云惨雾：夏尔向阿兰祖露他担心母亲的病情；阿兰自己从来不曾有过这份孝心，对此很动情；动情还因为想到一位乡下老妇人，她属于一个他所陌生的世界，然而他对那个世界同样有强烈的缅怀之情。"自我感动在现实中对应的往往不是善良，相反很可能是生活里的漠然，无谓的撒谎，甚至无谓的残忍。达德洛关于自己行将不久人世的谎言，阿兰的母亲投水自杀后将拯救者溺死，这些行为他们自己也无从解释，却都通向人性的幽暗之处，通向虚无主义的深渊。从大的历史角度来看，古拉格、"文革"都可以视为"刻奇"泛滥造成的灾难。

按照书中拉蒙的天文馆理论："天文馆建立在历史的不同点上，人们从那些天文馆说话就不可能彼此相懂。""即使是真正相爱的两个人，如果生日相差太远，他们的对话也只是两段独白的交叉，总有一大部分不能为对方明白。比如说（阿兰）——他从不知道玛德兰念错从前的名人的名字，是因为她从来没有听人说起过，还是她有意滑稽模仿，好让大家明白她对于发生在她本人生命以前的事丝毫不感兴趣。"昆德拉写出了人类深切的孤独，绝望无药可医。

昆德拉的高明在于太善于从肤浅的生活中提炼出深刻，又能将深刻肤浅化，使肤浅的读者觉着深刻，而深刻的读者最终厌弃这种肤浅。从这个意义上来讲，昆德拉的写作本质是媚俗的，绝非刻奇。他以媚俗嘲讽刻奇，他毕生反对的正是伪崇高的自我感动式的刻奇。这再次构成他写作上的悖论。

没有谁能怀疑昆德拉敏锐的命名能力，从"生活在别处"到"生命中不能承受之轻"，这些书名早已是脍炙人口的格言。现在轮到"庆祝无意义"——既是指无意义的庆祝，更侧重庆祝"无意义"。当嘲讽与抵抗的对象（比如意识形态）消失后，嘲讽或抵抗也就失去了意义。达德洛"癌症没有生成"的残生，亦可被理解为隐喻历史已经终结后无意义的余绪。昆德拉悲哀地看到"我们的玩笑已经失去能力"，世界现已进入"玩笑的黎明，后笑话时代"。"只是从无穷的好心情的高度，你才能观察到你脚下人类的永久的愚蠢，从而发笑。"借助阿兰的梦境，"我梦见的不是人类历史的终结，不是未来的一笔勾销，不，不，我期盼的是人的完全消失，带着他们的未来与过去，带着他们的起始与结束，带着他们存在的全过程，带着他们所有的记忆"。

哀莫大于心死。最后，我忍不住也要刻奇一番——《庆祝无意义》实在是一首虚无的挽歌！虚无又有什么意义？且听昆德拉漂亮的回答："无意义，我的朋友。这是生存的本质。它到处、永远跟我们形影不离。""我们很久以来就明白世界是不可能推翻的，不可能改造的，也是不可能阻挡其不幸的进展的。只有一种可能的抵挡：不必认真对待。"至此，昆德拉早年从安德烈·布勒东那里领悟到的"对生命中无价值时刻的蔑视"也已瓦解。在这个世界上，除了庆祝无意义，我们别无什么可以庆祝。

《庆祝无意义》，〔法〕米兰·昆德拉著，马振骋译，上海译文出版社 2014 年 7 月出版

当女人开始写作时

在电影《致我们终将逝去的青春》中，施洁发现自己无法得到林静的爱，不禁吼叫道："你可以找你的简·爱，你就把我当成你阁楼上的疯女人吧！"说罢，仰起头将一瓶安眠药倒进嘴里。简·爱与阁楼上的疯女人——罗彻斯特的前妻伯莎，两个形象看似相去甚远，实则一体两面，就像张爱玲笔下的红玫瑰与白玫瑰时常合二为一。每一个简·爱心里都住着一个疯女人，伯莎的死成就了简·爱和罗彻斯特，也寓意女性只有抛弃疯狂的自我，才能赢得平静的幸福。又如《阁楼上的疯女人——女性作家与19世纪文学想象》所解读的白雪公主的故事，其实每一个女人都是自己屋子里的王后，在自恋的窥镜中创造出白雪公主的形象。就像人们常说女儿是母亲的敌人，女人的一生都处于内在自我（白雪公主）摧毁外在生活（王后）的紧张搏斗中，既充满渴望，又满怀恐惧。

《简·爱》的作者夏洛蒂·勃朗特有一个怪癖——写作的时候会闭起眼睛，这有她笔迹歪歪斜斜的草稿为证。闭着眼睛，不难让人联想到这是女性享受性爱时的通常反应。在19世纪之前，写作长期被视为男性的专利，而作为书写工具的笔，则被当作男性阴茎的象征。那么女性执笔写作既是一种对男性权力的僭越，又意味着女性性的觉醒。当女人开始写作时，一种新的时间开始了，不亚于又一次创世纪，但不是开始于亚当，而是始于夏娃。这个时间从古希腊女诗人萨福那里开始萌芽，经历了有如女性隐忍性格的漫长的沉默，直到19世纪，在简·奥斯汀、乔治·艾略特和勃朗特三姐妹、艾米莉·狄金森那里终于化为有如众多心脏一起激烈跳动的钟鸣，即使聋子也必须听到。这是对长期以来"父权诗学"（格特鲁德·斯坦因语）的修订，也是对男性（宗主）文化和女性（被殖民者）文学之间关系的颠覆性革命。

女性为什么要写作？要回答这个问题，首先要反思生为女人意味着什么。东西方文化中多视女性为不祥之物，无论是中国著名的"红颜祸水"，如妲己、褒姒、潘金莲，还是《圣经》里的夏娃，《荷马史诗》里的海伦，都承担着千古不朽的罪名。这首先源于对女性身体的恐惧，像亚里士多德所认为的那样——女性特征本身即是一种畸形。而莎士比亚笔下李尔王心中的女人，"上半身是女人，下半身却是淫荡的妖怪；腰带以上是属于天神的，腰带以下全是属于魔鬼的，那里是地狱，那里是黑暗，那里是硫黄火坑"。

乳房、阴道、子宫……伴随成长、性和生育的羞耻，构成女性从天使堕落成肉身的过程，如玛丽·雪莱《弗兰肯斯坦》所揭示的那样，女人"从一个失去艺术、表达和自主性的乐园中，堕落到了由性生活、沉默、污秽和物质性所构成的地狱之中"，或者《呼啸山庄》中凯瑟琳的自况："从我原来的世界里放逐出来，成了流浪人。"这是夏娃的《失乐园》，这个过程往往伴随着焚心似火的嫉妒与报复。女人是欲望的化身，本身也被欲望伤害，进而伤害男人和世界——"夏娃的错误，将会给男性带来怎样悲惨的命运？"正如桑德拉·吉尔伯特和苏珊·古芭看到的那样，"作为格格不入、犯禁、充满激情和被贬低了的放逐者的夏娃，对于上自玛丽·沃斯通克拉夫特、玛丽·雪莱，下至夏洛蒂·勃朗特的女性作家来说，也变成了一个撒旦式的形象"。

每个女人身上都有一个流血的伤口，隐秘的，难以启齿的，那是快乐的源泉，也是堕落的渊薮，又是骄傲的王冠——通过这个伤口完成母亲的加冕。这是一条可歌可泣的血路，它天然地与疾病相连，诚如 S. 韦尔·米切尔所说："不能理解患病的女性的男子，是不能真正理解女性的。"女性写作就是一个以血为墨的行为，一开始就具有身体的悲剧性，也充满隐喻。在那些19 世纪女性作家笔下频繁出现的荒原、洞穴、地窖、阁楼、山庄，都是身体的象征，也反映出囚禁与逃脱之间的心灵地理关系，还有源于疼痛的敏感、缺乏安全感所产生的噩梦意识等等，成为女性书写中的共同符码。作为 20 世纪女性主义文学批评的"圣经"，

《阁楼上的疯女人——女性作家与19世纪文学想象》"将女性写作作为一种普遍的女性冲动进行考察","既对那些导致隐喻产生的经验进行描述,又对那些导致经验产生的隐喻进行描述。"整部书也因此给人一种诚恳的、体恤的、自尊的感动,这与作者本身就是女性有关。因为女性文学归根到底是只有女性才能精通的艺术,就像只有女性才懂得女性,就像只有自己最爱自己。

女性身份的焦虑直接影响到作者身份的焦虑,这种文化的禁锢与压迫,像疾病一样深远。露西·伊利格瑞曾经比较母性子宫和神圣的父权逻各斯之间的关系,证明哲学的范畴已经发展到把女人们驱逐到从属或服从的地位,并把基本的女人的他者性降到了一种镜子的关系:女人们要么被忽视,要么被视作男人的对立面(《他者女人的窥镜》)在勃朗特姐妹所处的时代,妇女只有极其有限的选择权,"贵族妇女结婚,单身女子进修道院"(苏珊·古芭)。而在维多利亚时期,人们甚至总是把单身女性称为"多余的人"(《阁楼上的疯女人》)朱迪斯·巴特勒则把女性的状况与同性恋者、有色人种、劳工阶级一同总结为"被排斥被放逐的他者","完美世界里的憧憧鬼影"。好了,"假如我命中注定仅仅只是作为客体而存在,那么,我又如何放弃那个自我呢?"(西蒙娜·德·波伏语)

"那天,出去散步是不可能的了。"这是《简·爱》平平常常的开头,但在《阁楼上的疯女人》的作者看来,这是一个天路历程般的开端。室内的幽闭之火与对远方阴惨惨的不毛之地的向往，内在的疯狂与自我驯化，等等，之间构成强大的张力，预示着一条摇曳于人间乐园与天国之城之间的艰辛路途即将展开。

每个女性个体的写作行为背后，都隐含着女性独立的历史，而从另一方面来看，文学提供了女性独立的空间和路径，像夏洛蒂·勃朗特所做的那样——"在对压制和压抑的恐怖做出描绘之后，勃朗特转向呈现一种献身于想象力的生活的可能性，部分原因就在于要与自己献身于小说创作的倾向进行呼应，通过这样的献身，女性将不再受到奴役"（《阁楼上的疯女人》）。女性写作从本质上来讲是女性身份的解放，打破社会与文学的双重禁锢，走出魔鬼与怪物的身份认同。因此，我能想象到桑德拉·吉尔伯特和苏珊·古芭写下下面这段话时的激动，几近欢欣鼓舞——"女性不仅已经开始写作，她们还开始创造出一个个的虚构世界，对父权制下生成的形象和形成的传统进行了严肃而激进的修正。由于从安妮·芬奇、安妮·埃利奥特到艾米莉·勃朗特、艾米莉·狄金森这样的自我追求的女性已经从男性文本的玻璃棺材中坐起，由于她们已经从王后的窥镜中破镜而出，古老而沉默的死亡舞蹈将变成胜利的舞蹈、言说的舞蹈和富有权威的舞剧。"

"你的身体伤害我／就像世界伤害着上帝"。这是死于自杀的美国女诗人西尔维娅·普拉斯的诗句，曾被翟永明等后世的女诗人广泛引用。而在西蒙娜·德·波伏娃那里，重要的不是生为女人，而是成为女人。女性写作改变了女性的面貌，也改变了镜子和诗。通过写作，女性成为自身的他者，从而为自身更好地开辟道路。正如《浮士德》著名的结尾所吟诵的——"永恒的女性引领我们上升"，今天的女性写作者有理由比她们19世纪的先驱更加相信胜利最终属于夏娃、属于海伦。像玛丽·雅各布斯所说，当作家的生命与作品的生命汇合一处，消除了主体与客体之间、写作的妇女与被写的妇女之间、阅读的妇女与被读的妇女之间的种种界线，生命才得到最充分的展现。这既可以基于19世纪的女性文学想象，也可看作女性文学理所当然的前景。

《阁楼上的疯女人：女性作家与19世纪文学想象》，［美］S.M. 吉尔伯特、［美］苏珊·古芭著，杨莉馨译，世纪文景 / 上海人民出版社2015年2月出版

解放了的马尔克斯

1984 年，年轻的莫言第一次读到《百年孤独》，惊讶地发现"原来小说也可以这样写"，于是放开胆子，笔下一路撒起野来。这与当年马尔克斯看到卡夫卡的《变形记》的反应如出一辙。《百年孤独》带给中国作家的是想象力的解放，是发现个人／地方经验也可以上升为世界文学经验时的巨大欣喜。

在我看来，马尔克斯的最伟大之处莫过于：他为文学同时贡献了世界观和方法论。在 20 世纪后半叶以来的世界文坛，马尔克斯未必是成就最卓著的作家，但无疑是影响最大的一位。特别是，他为中国"文革"以后新的文学进程指引了一条可靠的道路，中国的写作者和读者理所当然地感谢和热爱他。

与欧美文学展示的发达资本主义时代的生活经验（对于 20 世纪 80 年代的绝大多数中国作者而言，这种经验无疑有着深深的隔阂）不同，马尔克斯提供的是同处第三世界的文学经验，确切地说是第三世界国家广袤贫瘠的城乡生活经验。它来自另外一个古老的光怪陆离的大陆，却与中国如此相像。它一经传入中国，与 80 年代的文化寻根思潮一拍即合，从而发酵出中国式山寨版的魔幻现实主义。中国的文学青年们从马尔克斯身上发现了农村包围城市路线的胜利的希望，事实也证明，这是一条切实可行的路径，无论是莫言、马原、余华，还是张炜、韩少功、陈忠实、贾平凹……80年代登上文坛的中国作家几乎无一不受到《百年孤独》的影响。甚至可以说，中国文学通过马尔克斯找到了民族自信心。又或者说，《百年孤独》是中国当代文学的福音书，是一代中国作家的圣经。

我曾经听余华先生讲过他在欧美旅行的一个发现，那就是几乎所有的书店里都有《1984》和《百年孤独》，而且都摆在重要位置，这从侧面反映出上述两部作品是战后世界文学中绝对的经典以及永久的畅销书。顺便说一下，马尔克斯本人也是把《百年孤独》当作畅销书来写的，他并不以为《百年孤独》是他最好的作品，他曾先后声称《没有人给他写信的上校》《霍乱时期的爱情》《族长的没落》等作品是自己最好的小说。而在多数中国作家和读者眼里，马尔克斯就等于《百年孤独》，这可以看作是被代表作代表的苦恼。

马尔克斯与他的中国学生们之间有着明显的不同，那就是他不但在作品中反映了动荡的拉美社会与历史，而且在生活中积极地参与社会现实。他曾为抗议智利政变而封笔五年，他曾发誓永远不把版权授予中国出版，据说是为了表达对盗版的不满。那些模仿者更很少知道，马尔克斯曾说过这样的名言："不关心政治是一种罪过。"听起来，像一句辛辣的讽刺。

现在，马尔克斯去世了。不出所料，立即有好事者急不可耐地为其冠以"最后一个大师"的谥号。但在我看来，这只是一个作家的死亡，马尔克斯不是第一个文学大师，自然也不是最后一个。文学不会因为任何大师的死去而死去，最多意味着拉美文学大爆炸朋友圈的萧条。此前，已有报道说，因《百年孤独》而兴起的马孔多公园因为日益冷落，濒临倒闭，几乎发不出看门人的工资。这就是马孔多寓言的实现和拉丁美洲"两百年的孤独"的现实。中国作家已经"吃"了马尔克斯一辈子，现在马尔克斯死了，愿他安息，从此彻底得到解放。而新一代中国作家和读者需要新的马孔多，这也再自然不过。

难忘《为了告别的聚会》

习惯于逢场作戏的爵士乐手克利马得知一位曾与自己有过一夜情缘的姑娘茹泽娜怀孕的消息后，就瞒着自己的妻子去劝说她堕胎。他的理由是：你是我心爱的人，我不想同任何人分享你的爱，哪怕是一个孩子；我们现在还不是要孩子的时候，他会影响我们的幸福……并且，他还把自己美满的婚姻说成不幸，以此来换取茹泽娜的同情。这个天真的姑娘刚刚被他说动，她的同伴们却又迫使她相信克利马用心龌龊，告诫她：必须用孩子把他套牢。正当克利马一筹莫展的时候，一位因即将出国而向朋友告别来到这里的政治犯——雅库布，误把一片毒药给了茹泽娜。他完全意识到了，也完全能够制止可能出现的严重后果，但出于侥幸还有其他难以说清的心理，雅库布并没有马上把药追回。茹泽娜服药后，猝然死去。雅库布经过一番思考，认为茹泽娜的死与自己毫无关系，因为自己一没有杀人的行为，二没有杀人的动机。于是，坦然地驾车离去。克利马心头沉重的包袱也被这场意外化解得无影无踪。——这就是米兰·昆德拉在他的杰作《为了告别的聚会》中讲述的那个充满戏剧性、幽默、轻松，但是又让人心里发酸，笑不出来的故事。无论是克利马，还是雅库布，都觉着自己对茹泽娜的死不负任何责任。没有责任，生活就变得轻松，然而这种轻松，却使人沉重得透不过气来，这正是典型的昆德拉式的"生命中不能承受之轻"。

我想提醒人们注意的是：这种轻松背后隐藏着无谓的残忍，这是使我们生活的这个世界越来越让人难以忍受的一个重要原因。现实就像叔本华描述的豪猪的生存状态一样：寒冷促使大家靠拢在一起，可是，一旦靠近，身上的刺就会把彼此刺伤，于是，又不得不分开。接着，寒冷再次迫使大家往一块靠拢，大家再次互相中伤……如此周而复始。久而久之，每个人心中都落下了难以愈合的创痛。这创痛迥异于那些生离死别式的惨痛，而是像针一样一点一点地扎进肉中。这过程相当缓慢，慢得让人毫不觉察。但这恰恰是最为致命的，因为它自始至终地贯穿于我们流水般行进的日常生活中。磨损生命的激情，使人在与日俱增的失望和厌倦中步向麻木和死亡。

事实上，残忍并不可怕，比"残忍"更加可怕百倍的是：不知道因何而残忍。人们常说：世上绝没有无缘无故的爱，也没有无缘无故的恨。然而，这部貌似轻松的小说和电影却向人说明：世上虽没有无缘无故的爱，但却有着无缘无故的仇恨和残忍，而且，这些无处不在。这是人性中最阴冷的一面，令人不敢面对，不敢承认。人类的可悲之处正在于此：每个人都习惯于轻而易举地原谅自己，随意夸大自己的善良和痛苦，唯恐别人不知，与此同时却以践踏他人为快事，每个人都同时扮演了受虐者和虐待狂的角色。在这部小说中，除了克利马和雅库布，昆德拉还着意塑造了一个醉心于用自己的精子使众多女人受孕的医生斯克雷托的形象。他解释说："人类生产出难以置信的大量白痴，越是愚笨的人越喜欢繁殖，那些优秀的人至多生一个孩子，而那些最优秀的……却一个也不愿生，这是一个灾难。我总在梦想着有一个世界，在那里一个人将不再是生在陌生人中间，而是生在兄弟们中间。"这是一个多么荒诞而又恐怖的实验！而实验的创造者却是一个自以为优秀的人。昆德拉借雅库布之口说出了这个"悲哀的发现"——"那些受害者并不比他们的迫害者更好！"（雅库布最终也亲身实践了这个发现）残忍就是这样在每个人心中缓慢而又不可遏止地酝酿着。

《为了告别的聚会》，[捷克]米兰·昆德拉著，景凯旋、徐乃健译，作家出版社1987年8月出版

伪书作者与作为奇观的书

关于艾柯，我们能谈论什么？符号学家、历史（中世纪）学家、博物学家、5万册图书（其中不乏各种珍本）的收藏者、超级畅销小说《玫瑰之名》《波多里诺》的作者……对于这个当代达·芬奇式的人物所涉猎的每个领域，我们绝大多数读者都所知甚少，更无从置喙，但这丝毫不妨碍读者被他书里的那个广袤的未知世界所深深吸引。因为书除了作为知识和信息的载体之外，还有一种存在方式，那就是本身作为一种奇观存在，艾柯的写作充分证明了书所具有的这种奇观性质。

借用艾柯对古登堡圣经收藏者的评价——"拥有古登堡圣经就等于从未拥有"，个人以为，阅读艾柯的一个最多快好省的途径莫过于将他炫智般的博学视为虚构。这不仅因为以我们有限的知识对他书中虚实杂糅的内容无从辨伪，更因为艾柯本身就是一个伪书爱好者和伪书作者。根据《巴黎评论》记者 Lila Azam Zanganeh 的描述，在艾柯的书房中，既有托勒密的科学论著、卡尔维诺的小说、关于索绪尔与乔伊斯的评论研究，又有几书架中世纪历史书籍与神秘晦涩的手稿。艾柯痴迷于收集那些自己不相信的主题的书籍，比如古犹太神秘哲学卡巴拉、炼金术、魔法、虚构的语言，"符号学、奇趣、空想、魔幻、圣灵的藏书"。艾柯所热衷的这些书，类似于中国的民间秘籍，从书籍的生成角度来看，多属于伪书之列。他坦言："人类对离经叛道思想的偏爱让我着迷"，"我喜欢那些说谎的书，虽然它们并不是故意说谎。我有托勒密的书，但没有伽利略的，因为伽利略所说的是真理。我更喜欢疯人的科学"。这好比是一个科班出身的科学家却痴迷于"民科"，这种"怪癖"透露出艾柯独特的知识观念。

对伪书的狂热爱好最终会演变成抑制不住的创作伪书的冲动，很多时候，艾柯就像自己笔下的波多里诺一样"捏造文献，构想乌托邦，构建世界的假想格局"。《德意志民族的巨大排便量》《想象的瀑布、写作欲望的洪流、文学呕吐、百科全书大出血、魔鬼中的魔鬼》，还有涉及1500部文学狂人作品的《狂人文学史》、安德里厄1869年的一部关于牙签盒的缺陷的作品、毕宿五星某大学教授为火星学者写的一部关于地球灭绝研究的专著而写的书评……单他笔下这些"书名"和提要，足以让读者瞠目结舌。不同于中国古代伪书"专造一书而题为古人所著，以张其学"（梁启超语）的目的，这纯粹是为书而书的趣味使然。

不难看出，艾柯有两种基本的写作策略：一是类文本，即附着于一部真实或虚构文本上的写作，用他自己的话来说就是"混成模仿体"。比如《一个陌生人的杰作》针对一首空洞无聊的民谣写下了两百页评论，让人不由联想到纳博科夫的杰作《微暗的火》。二是元小说，即关于小说的小说，大量使用互文、戏拟、读者与作者之间对话等手法，最终创造"一种完全开放的文本，让读者能够以不同的方式进行无限的再创作"。这两种写作策略错综使用，构成异常复杂的超级文本时空。当然，这些并不是艾柯的首创，在他热爱的博尔赫斯、乔伊斯以及他的好友卡尔维诺那里都已有完美的表现。

　　毫无疑问，艾柯的写作是智性的，而非情感性的，这使他的写作奇观缺乏打动人心的力量。客观来讲，这也造成他与上述文学大师之间的差距。也许，艾柯在意的并不是文学，而是书之为书这一行为。博尔赫斯曾说过一段广为流传的话，即"显微镜、望远镜是人的眼睛的延伸，犁和剑是手臂的延伸，而书籍是记忆和想象的延伸"。艾柯在此基础上有所发挥，他将记忆分为动物记忆、矿物记忆（如碑石、建筑、电脑）和以书为代表的植物记忆三种。而书的优胜之处在于，除了承载记忆，还具有物的属性，这使得爱书与藏书都不可避免地带有恋物的色彩。艾柯进而细心地区分了藏书癖与爱书癖的区别——前者多有主题，且侧重收藏的整体性，而后者泛爱，希望收藏永远没有完结。在一个电子书咄咄逼人的时代，艾柯毫不掩饰对纸质书的拳拳之情，几乎是大声疾呼："我们需要拯救的不仅仅是鲸鱼、地中海僧海豹和马西干棕熊，还包括书籍。"

在艾柯的笔下，书不仅仅是承载记忆之物，而且本身就是质一个生命体。他栩栩如生地写出了一本电子书梦想成为一本纸质书的焦灼独白，而对于纸质书而言，一本书只能活在一种文本里，未尝不是又一种痛苦。在一篇名为《书的未来》的演讲中，艾柯预言纸质书永远不会消失，但在另一篇小说（《碎布瘟疫》）里，他又想象着2080年一场碎布瘟疫袭击了所有文明世界图书馆，使无数珍本都化为白色尘埃。对于爱书者来说，无论何时，书的生死都是一个惊心动魄的故事。

《植物的记忆与藏书乐》，［意］翁贝托·艾柯著，王建全译，译林出版社2014年8月出版

《樱桃园》：喜剧精神与忧郁的诗

今天我们面临的一大困惑就是，不知道我们身处的这个时代到底是一个悲剧时代还是一个喜剧时代。就像当你坐在上海金贸大厦的咖啡厅里看着窗外黄浦江里漂过的几万头死猪，这是现实主义还是超现实主义？

"樱桃园"无疑是个隐喻，隐喻就是无法穷尽的真实。这是一个真实与虚构交织而成的地址，一个令人魂牵梦绕又愁肠百结的乌托邦。

中国人素不乏"樱桃园"情结，逝去的都是好的，三皇五帝是好的，唐宗宋祖是好的……人类的黄金时代似乎永远只存在于过去，但另一方面，人们总是急不可待地埋葬一个旧时代，满怀希望地奔赴一个新的光明的天国，其中饱含着血泪模糊又混乱不堪的激情。

但悖论在于，过去的乐园真的那么美好？就像《樱桃园》里的大学生特洛菲莫夫所控诉的："这个花园的每棵樱桃树上，每片树叶上，每个树干上难道不是都有人在瞧着你们，您难道没有听见说话声吗？……对农奴的占有使你们一切人，以前活过的和现在活着的，统统堕落了。"而历史的吊诡之处在于，欢欣鼓舞拥抱一个新世界的与痛心疾首哀悼一个旧时代的，往往是同一群人。

《樱桃园》中大致设置了三种人物：

一是拉涅夫斯卡娅和加耶夫这样的樱桃园的主人。他们眷恋樱桃园以及与之相应的生活，为即将失去它们而悲伤，却不为挽救它们做任何努力，等到真的失去又很容易释然。他们的怀念是发自内心的，放弃是心甘情愿、心悦诚服的。他们是纳博科夫所概括的"一种模糊而美丽的人类真理的担负者，既卸不下，又担不动"。

二是商人洛巴兴。他是樱桃园的毁灭者，又是新生活的开创者。他并不庸俗市侩、唯利是图，而是一个充满理想主义的现实主义者。

三是以特洛菲莫夫和安尼雅为代表的一对新人。他们不眷恋樱桃园，而是认为"整个俄罗斯是我们的花园"，勇敢告别一个旧世界，去拥抱新生活。特别是特洛菲莫夫，直接启蒙了安尼雅。

对于这三类人物中任何一方，契诃夫都没有褒贬之意，不批判不赞美，他的笔下充满了体恤和温情。这建立在他对人性的宽容与深刻理解之上，他的的确确是一个"含着眼泪的祝福者"（董晓语）。他的思想远远超越了深陷于无产阶级意识形态中的高尔基，也超越了布尔乔亚的罗曼·罗兰。就文学艺术而言，丰富远比正确高尚。

契诃夫的伟大追随者纳博科夫，在其喜剧小说《黑暗中的笑声》中，讲述了一个疯子带着瞎子狂欢的故事。他视之为通俗喜剧，契诃夫亦视《樱桃园》为通俗喜剧，甚至闹剧。我完全能理解契诃夫对斯坦尼斯拉夫斯基将《樱桃园》处理为悲剧的做法所表现出的抗议和愤慨。

拉涅夫斯卡娅和加耶夫自始至终就没打算成为悲剧式人物，没打算承担悲剧命运，这是对悲剧的根本瓦解。《三姐妹》中土旬巴赫预言的"庞然大物正向我们大家压过来，一场强大有力的暴风雨已经准备好"，到了《樱桃园》中已经成为现实。拉涅夫斯卡娅早就清醒地预知到樱桃园的命运，"这座房子要塌下来压住我们"。当洛巴兴欢呼"我们要成为巨人"时，她却说："巨人只有在神话中显得美好，在实际中却显得害怕。"相对于封建庄园经济，资本主义是这样一个巨人，后来的共产主义是另一个巨人。拉涅夫斯卡娅表现出的洞察力，令人吃惊。在决定樱桃园命运的拍卖会召开时，拉涅夫斯卡娅甚至大张旗鼓地举办舞会，压根不管没钱支付给乐队。她的善良、忏悔已经使她的罪孽得到了救赎，所以她无须为樱桃园殉葬，而是欢欢喜喜地回巴黎去了。加耶夫则是一个"自私"的孩童，除了空洞的抒情，念念不忘的只是台球游戏，对于樱桃园的毁灭，其实也是乐见其成。

除了这两个不靠谱的主人公，剧中出没的还有精通魔术和腹语术的沙尔格达，处处插科打诨的随从亚沙，提前谢顶的老大学生，长得像牲口（马）、举止轻浮的地主彼什克……剧中最多的场景也是杂耍式的聚会，漫无边际的谈话。整个一个乡村集市的马戏团，可有一点悲剧的庄严肃穆？

斯拉夫民族除了悲怆和忧郁之外，更有一种狂欢的气质，粗劣、怪诞、生机勃勃。最典型的是哈谢克的《好兵帅克》，还有库斯图里察的电影《地下》，相比之下，前辈契诃夫更为含蓄，堪称从心所欲而不逾矩。今天，对于这个精致的而又粗鄙的时代，我们更需要粗鲁的冒犯。没有任何坚硬之物不是在笑声中坍塌的，没有悲剧，只有皆大欢喜。

相比之下，《樱桃园》充满感伤的诗意和忧郁之美更显而易见，也更容易被读者和观众接受。伐木声、枭鸟的哀鸣、人物的叹息、口哨声、吉他声、天边一种琴弦绷断的声音……"旧的日子飞快地过去，生活好像还没有开始"。在后来的梅特林克的《青鸟》和英格玛·伯格曼的《夏夜的微笑》中都可以看出这种轻盈而又绵密的美。

契诃夫直接启发了曹禺的《北京人》《日出》等剧，在某种程度上，曹禺几乎对契诃夫亦步亦趋。但无论从文字气质还是从作者面相上来看，恐怕沈从文与契诃夫更为接近。那种静默、清寂，嘴角带着一丝不易察觉的微笑，不急不促，似又胜券在握。他们唯一的胜券就在于，深知这个世界的可疑，不敢确信。沈从文笔下既呈现了一个荫翳的悲惨世界，又保存了一个世外桃源般的边城，那是他的樱桃园。这是沈从文的悲喜剧。

《樱桃园》写于契诃夫去世前不久，是他的天鹅挽歌，自然充满了生命即将走向尽头的怅惘。在某种程度上，契诃夫又有些像鲁迅："有我所不乐意的在天堂里，我不愿去；有我所不乐意的在地狱里，我不愿去；有我所不乐意的在你们将来的黄金世界里，我不愿去。然而我不愿彷徨于明暗之间，我不如在黑暗里沉没。然而我终于彷徨于明暗之间，我不知道是黄昏还是黎明。"

巧得很，《樱桃园》也出现了一个鲁迅笔下那样的过客，一个荒芜路上野蛮的闯入者。

《樱桃园》，[俄罗斯]安东·契诃夫著，焦菊隐译，上海三联书店 2015 年 6 月出版

就是这么了不起

做一个盖茨比那样的人，和写一部《了不起的盖茨比》，同样是一件了不起的事。

从第一次读到《了不起的盖茨比》开始，我就这么想。当时，我写过这样一段文字：

不揣冒昧地说，菲茨杰拉德是我最热爱的美国作家之一。如果说，麦尔维尔和霍桑唤起我的崇敬，埃萨克·辛格唤起我的热忱，菲茨杰拉德唤起的就是我的爱情。假如我是一个风情万种的女人，我一定要嫁给他，可惜我不是。假如亨利·米勒稍微收敛一点的话，我也许会考虑，然而在菲茨杰拉德面前，他只能靠后站。尽管世界上从来不乏倜傥风流之人，但真正风华绝代的男人却如凤毛麟角。菲茨杰拉德是一个，法国的加缪、圣埃克苏佩里是另两个，百年来唯此三男尔。

最近，借着春节的间隙断断续续重读《了不起的盖茨比》，而且一读三遍，两个中译本和科波拉的电影版，我甚至买来了外文社的英文版，打算翻着词典啃一遍……我觉着自己当初的判断丝毫不过分，盖茨比没有辜负我的热爱。他的梦还是那样扣人心弦。特别是在这个笙歌宴饮消散的衰年，读来别有一番滋味在心头。

其实，每个人都或多或少爱着自己心中的那个幻象，像盖茨比爱着黛西，"不断地添枝加叶，用飘来的每一根绚丽的羽毛加以缀饰。再多的激情或活力都赶不上一个阴惨惨的心里所集聚的情思"。我们爱的那个人，没有我们想象的那么好，甚至根本不是那样，只是我们不敢承认。很多时候，我们是在和自己心中的幻象互通款曲，却宁愿相信现实里彼此相爱得那么深。

在我看来，以浪漫轻盈的语调而不是稠密沉重的笔法为一个时代立传，却同样切中历史的心脏，是一个更值得追求的写作理想。《了不起的盖茨比》无疑树立了这方面的典范。盖茨比沉浸其中并为其吞噬的美国梦，充斥着金钱与欲望，狂迷与消费……为一个华丽时代写一首华丽的挽歌，实乃夜莺与枭鸟合二为一的工作。它可以是《愁世的饮酒歌》，可以是《韩熙载夜宴图》，可以是《长恨歌》，也可以是《了不起的盖茨比》这样的爵士："那就戴顶金帽子，如果能打动她的心肠；如果你能跳得高，就为她也跳一跳，跳到她高呼：情郎，戴金帽、跳得高的情郎，我一定得把你要！"纵情欢愉的时光，总是与一晌贪欢、夜长梦多、天下没有不散的筵席之类的词语相连。一个伟大的作家，可以在对一次宴会、舞会的描写中，写尽人生的繁华和寂寥。从曹雪芹到普鲁斯特，古今中外的大师们莫不如此。

2007 年秋天的一个晚上，我与鲁迅文学院的一帮同学去红领巾公园散步。站在湖边眺望对岸一座灯火通明的建筑，还有湖边翩翩起舞的人们，我忍不住脱口而出：看，多像盖茨比的房子！一行人中最有才华的那个年轻女孩很不屑地说：受不了，不要那么文艺好不好！可是后来，她私下里承认，我当时说的那句话触动了她。我明白，她说的是被盖茨比触动。

当然，我不是盖茨比，她也不是黛西，只是两个写作的人谈论文学。通常情况下，文学教人理解人，而不是爱人。然而，后者无疑更具有终极价值。把人性写透是一件很没劲的事，几乎算不得什么本事归根到底，衡量文字高下只有一个标准，那就是唤起人心底更多的爱与惆怅，还是冰冷的绝望与仇恨。

相比之下，菲茨杰拉德笔下的盖茨比，身处纸醉金迷之中，却保留着不可思议的纯真。"当我坐在那里缅怀那个古老、未知的世界时，我也想到了盖茨比第一次认出了黛西的码头尽头的那盏绿灯时所感到的惊奇。他经历了漫长的道路才来到这片蓝色的草坪上，他的梦一定似乎近在眼前，他几乎不可能抓捕住的。他不知道那个梦已经丢在他身后了，丢在这个城市那边那一片无垠的混沌之中不知什么地方了，那里共和国的黑黢黢的田野在夜色中向前伸展。"

"他们是一帮混蛋，他们那一大帮子都放在一堆还比不上你。"这是小说中尼克最后一次与盖茨比见面分手时，隔着草坪忍不住喊出的话，这也是我热爱盖茨比的缘由——他就是这么了不起！

死于梦想的人，比活而无望的人更幸福。站在永恒的一边来看，后者根本不值得同情。

《了不起的盖茨比》，［美］菲茨杰拉德著，人民文学出版社2004年6月出版

向库切学耻

不出所料，库切又写了一本复杂的小说。而且这是他迄今为止最为复杂的一部作品，结构形式上的精巧与夸张超过了以"炫技"著称的《伊丽莎白·科斯特洛的八堂课》，主题则比以往的所有作品都更驳杂。

这也是他写得最轻松的一本书。单看三层"脚手架"中、下栏的叙述，透露着纳博科夫式的讥诮和幽默，而轻盈曼妙的旋律、含蓄又透明的情感、野性动人的安雅……甚至使我联想到了《蓝莓之夜》。但是，沉重的东西一如既往压迫着库切，比如：耻。他曾经作为南非的白人感到耻，现在为所在国家（澳大利亚）和这个国家依附的国际秩序感到耻，他为伦理的暧昧和侵犯的无耻感到耻。他为身为人类的一员感到耻，为尚未脱离暴力和野蛮，却又自以为是的现代人而耻。

《凶年纪事》和库切的其他作品一样，坚定地关注政治，这呼应了马尔克斯多年前接受采访时说的话：不关心政治是一种罪过。

关注政治不是从事政治斗争，而是与政治做斗争。对待政治的态度，始终是检验良知的标尺——如果作家这个词还与人类的良知有关的话。论国家起源、论无政府主义、论民主、论恐怖主义、论制导系统、论基地组织、论大学、关塔那摩湾、关于禽流感、澳大利亚的难民处置、澳大利亚的政治生活、托尼·布莱尔……库切借小说里C先生撰写的系列文章，对当代世界的许多重大热点问题做了全面发言和思索。

库切深知这种做法的危险和"有失稳重"，在向哈罗德·品特致敬之际，C先生写道："当一个人以自己的名义发表讲话——也就是说，并非凭借自己的职业方便——去谴责某个政客或是其他人，采用古希腊公共辩论的方式上阵，这人很可能会输给对手……也许品特看得相当透彻，他可能被巧妙地驳倒，可能遭人贬损，深知被奚落。尽管如此，他还是射出了第一枪，并挺起腰杆面对回击。他的行为也许有些鲁莽，但绝无懦弱。在他的愤怒与羞耻极为强烈地压倒了所有的算度与审慎时，他必须有所行动，也就是说，必须发言。"

C先生引用了蒙田的一位朋友写于1549年的一篇文章里的内容："他注意到老百姓在统治者面前的奴颜婢膝，最初是一种后天获得性的品质，而后来却成了一种遗传性的毛病，一种冥顽不化的心甘情愿地被统治，这种意愿是如此根深蒂固，甚至本性里似乎都没有对自由的热爱了。"C先生指出了这个论述的纰漏，他评价道："是否甘于奴役是一回事，揭竿而起是另一回事，其间尚有选择。这里存在着第三条道路，每天都有成千上万的人选择了这条路。那就是逃避现实，归隐内心，自我放逐。"这正是我们大多数人选择的道路。

每一本书都包含着作家本人的影子，《凶年纪事》也不例外。库切和 C 先生是不是一个人，颇为值得玩味。有时，他坦言 C 先生写下了《等待野蛮人》，C 先生的生平与他本人既相同又不同。他借 C 先生之口臧否世事，而不是直接发出声音，同时他又宽容了 C 先生情绪的激越和偏颇。只有整部作品，才能代表库切本人。作者的面孔浮现在文字深处，就像笛福、巴赫、陀思妥耶夫斯基附着在库切身上。这本书展现的繁复、细腻、非凡的叙事技艺令人叹为观止，这绝不是出于"显摆"需要，不是出自匠人的习练，而是源于生命多情，源于对真理的寻求何其曲折。

《凶年纪事》是一本爱情小说。C 先生与安雅之间的关系，是不是爱情关系？这是一个令人着迷的问题。至少这是一种动人的男女关系。心灵的交流、对话，坦诚相见，愉悦，真挚，相互感激。安雅影响了 C 先生的写作，C 先生也改变了安雅对世界的认识。这是大师与玛格丽特之又一种，这是老年浮士德与少女玛甘蕾爱情的变体。世界上只有一个人思念着孤独老去的 C 先生，那就是安雅。"我不能和你一起走，但我将握住你的手一直抵达门口。在门口，你可以松开我的手，给我一个微笑，向我表明你是一个多么勇敢的男孩，然后乘筏而去，或是踏上载你而去的任何东西。"除非爱情，还有什么能如此动人？

迄今为止，我阅读和收藏了库切的所有中译本著作，没有一本让我失望。如果把库切作为诺贝尔文学奖的标准，我觉得中国作家至少还有很远的路要走，甚至很多还没上路。

"这标准对于任何一个严肃的小说家来说都是沉重的苦役，即便你不可能有最微小的机会达到大师托尔斯泰的标准，或是大师陀思妥耶夫斯基的标准。但借着他们的榜样，你会成为一个更出色的艺术家。这里更出色的意思并非指技巧，而是有着更高伦理准则。他们消除了你污秽的借口；他们廓清了你的视线；他们强健了你的肩膀。"这是全书中 C 先生写的最后一篇文章的最后一段话。同样，库切也以自己的写作形成了难以企及的标准。

《凶年纪事》，J.M.库切著，文敏译，浙江文艺出版社 2013年 4 月出版

小的大作家

　　如果美国文学指的是马克·吐温、海明威、菲茨杰拉德、福克纳，或者是她的前夫畅销小说家保罗·奥斯特的话，有经验的读者一定不难看出，来自美国的布克国际奖得主莉迪亚·戴维斯更像是一位欧洲小说家。确切地说，戴维斯更像一位德语小说家，比如卡夫卡，比如耶利内克、赫塔·米勒，智性的、反故事的、高密度的。她的很多黑童话似的短制则酷似安吉拉·卡特，冷峻的戏剧化叙事又使人想到贝克特、哈罗德·品特。此外，她有时像卡尔维诺，有时像科塔萨尔……这是一个转益多师、风格驳杂的作家，像她笔下的人物瓦西里，只需要把性别改换一下就可以——"一个有许多部分的男（女）人，个性多变，心思不定，有时野心勃勃，有时昏昏沉沉，有时热爱沉思，有时缺乏耐心。"但是，她完全不同于雷蒙德·卡佛，对于她能否像出版者所期待的像卡佛那样在中国流行起来，笔者心中没有概念。她比卡佛显然更为小众，她会被广泛谈论，但可能很难被广泛接受。据吴永熹小姐在《几乎没有记忆》译后记中的"揭秘"，戴维斯真正的先驱是拉塞尔·埃德森——一位"独特却偏僻的小诗人"。"独特""偏僻""小"这三个限定词真是太好了，完全适用于莉迪亚·戴维斯。作家中有大的小作家，有小的大作家，莉迪亚·戴维斯无疑属于后者。

在某种意义上，小说和女人的裙子一样，越短越性感，越短越让人不安。戴维斯充分展示了短篇小说这种危险的魅力。她的小说通常只有一两千字，甚至只有一句话。干净，爽利，如一道道明亮的疤痕。在她面前，"极简主义"大师雷蒙德·卡佛都显得无比繁复。戴维斯的短是格言而非警句，不提供鸡汤似的治愈，只是为了将你割伤。比如："一个女人爱上了一个已经死了好几年的人。对她来说，刷他的外套、擦拭他的砚台、抚拭他的象牙梳子都还不足够：她需要把房子建在他的坟墓上，一夜又一夜和他一起坐在那潮湿的地窖里面。"（《爱》）不是充满诗意，而是直接是诗，是一个谜语扰动另一个谜语形成的谜语的涟漪——"当我们的女人全部变成雪松时，她们会围在墓园的一角，在大风里哀吟……终于，在那些雪松树心底深处的某个地方，我们的妻子被扰动了，想起了我们。"（《雪松树》）再比如："蜂鸟在将死的白色花丛中制造爆炸——不止白花在死去，到处都有老女人从书上掉下来……带着她们得了癌症般的脸躺在橡树下"（《烟》）；"我们镇上的一个男人既是一条狗又是它的主人"（《我们镇上的一个男人》），那个"妹夫""如此安静，如此瘦小，就好像根本不存在。是谁的妹夫他们不知道……他不流血，不哭泣，不流汗。他是干燥的。他的尿液离开他的阴茎时甚至都好像先于离开他的身体就进入马桶，就像一发离开手枪的子弹……"（《妹夫》）；"在一个有十二个女人的镇上还有第十三个女人。没有人承认她住在哪儿，没有寄给她的信……雨不会落在她身上，太阳从不照在她身上。天不为她破晓，黑夜不为她来临。对于她来说，一个个星期并不逝去，年月也并不向前滚动"（《第十三个女人》）。

看不懂没关系，因为艺术作品价值的高低跟是否看得懂，甚至是否可解都没关系。艺术以追求魅力为宗旨，而不是为了追求意义。或者说魅力是艺术最大的意义，无魅力则无意义。在戴维斯的笔下，小说的可读性虽然被降低，但文本的张力和内在的压强大大增加，魅力的灵光由此闪现，像闪电拓展了天空的领地。

戴维斯在小说中驱逐了故事，她像一个女巫将读者从对故事的迷信中解放出来，转而囚禁于她所发明的语言的咒语。有意思的是，她唯一一部长篇小说的名字就叫《故事的终结》。故事终结，小说开始。因为"一旦故事中的东西变少了，那么处于中心的东西就一定会更多"（《故事的中心》）。在戴维斯的世界里，不但故事的空气稀薄，而且听不到人物的对话，总体沉浸于一种回忆、冥思的状态。这让人不由联想到她曾翻译普鲁斯特的《追忆似水年华》，她似乎是以与普鲁斯特背道而驰的方式，以曲折的节制抵达和抚摸时间的长度。

亚里士多德关于悲剧的概念，或许可以为我们理解戴维斯的写作提供些许启示——"悲剧是对于一个严肃、完整、有一定长度的行动的模仿。"这里我强调的重点是"对一个行动的模仿"，写出可见的行动，就意味着意义的呈现，戴维斯的写作策略一定程度上如同罗伯－格里耶所做过的。然而，"艺术家妄自谨小慎微，作品却暴露了所有秘密"（歌德语），像詹姆斯·伍德指出的那样，戴维斯的小说还是不可避免地"带有扭曲的自传色彩"。一个离异的女人，教授，翻译者，一些婚姻生活的遗迹——一只袜子，一个电话，一封信，疼痛与失眠，甚至"她在翻译上下了很多苦功夫，只是为了阻挡那痛苦"（《信》）。与伍迪·艾伦的《安妮·霍尔》《午夜巴黎》等电影类似，戴维斯以她带有元小说性质的系列短篇构筑起了一个知识分子阶层的生活图景，散发着浓郁的书卷气息。除了撷取自身的经历和记忆，铃木镇一、古尔德、W.H.奥登、福柯等人物也都在她笔下做着不同的穿越旅行。

莉迪亚·戴维斯单薄明快的叙述下隐藏着荒凉而深邃的绝望："如果你带着一种无法继续生活的绝望，但与此同时你能对自己说你的绝望或许不是很重要，那么要么你会停止绝望，要么你会继续绝望，但与此同时你会发现，同样地，你的绝望也可能被移置一旁，只是许多事物中的一件。"（《我的感受》）这让人不能不想到卡夫卡的那句名言："不要绝望，也不要因为不绝望而绝望。"她笔下面目模糊的猎人，也让人联想起卡夫卡笔下延宕于原罪与天堂之间的猎人格拉胡斯。她和卡夫卡一样，关注的是一种更为本质的精神生活，而非日常生活，这造就了一种戏剧化的间离效果和荒诞怪异的喜剧性。如《瓦西里的生活速写》："他们都是经验丰富的猎人，而他只是一个胖知识分子。""在他坐在太阳底下剪圣诞树上用的纸星星时，与此同时，其他男人正努力工作供养一家人，或是在外国代表自己的国家。当他在艰难地寻求事实的过程中发现这种不一致时，他感到安放在他身上的自己很恶心，就好像他是他自己不受欢迎的客人。"而"伯道夫先生抵达高潮时，海伦的血粘在他身上，他迷惑地感觉到在海伦的血，海伦本人以及 19 世纪之间有着某种深刻的关联"(《伯道夫先生的德国之旅》)。

　　尽管莉迪亚·戴维斯的作品展现了相当独特而自足的经验，但笔者禁不住要提出一点苛责。总体上看，她的文本实验的原创性还不够，更称不上是一个源泉性的作家（如卡夫卡、乔伊斯、普鲁斯特），也缺乏建构一个伟大的作品世界所需要的足够的时空纵深。她的很多单篇都是一些半成品，一些诗歌草稿，而非完成的诗。但是，笔者要特别指出的是，从戴维斯这里，我看到了小说集作为一种新文体的诞生。而这个问题的探讨，首先涉及媒介形式对内容的影响，涉及中西不同的文学生态。中国的主流文坛，是由文学期刊上发表的作品构建而成的，而美国和欧洲很少有文学刊物，作家的出道多是以书（作品集）的方式。为文学期刊投稿写作，与创作一本书（作品集）是不同的。前者是一种被选择的相对松散的呈现，后者则意味着更强烈的主体性和更紧密的内在关联性，通常也需要更长时间的孕育。笔者姑且给"小说集"这种新文体下一个定义：小说集是介于长篇小说与中短篇小说之间的一种新的文体形式，它是指短篇叙事文本按照一定内在逻辑的集合，其内部各短篇之间既相互独立，又以互文的方式相互影响和支持，从而构成一个整体的集群。戴维斯的小说集可以看作是对这个定义的最好阐释，整体的大气有效地弥补了单篇作品的纤弱，而单篇作品的生动丰富了整体的意蕴。不但是1+1>2，而且处于整体中每个1都大于个体的1。英文版的《莉迪亚·戴维斯小说集》长达700多页，从呈现形式上来看，这是一部足够厚重的文本，这既影响了内容，也影响了对其文学价值的判断。莉迪亚·戴维斯集腋成裘继而化蛹成蝶的文学之路，表明了一种不经意间的深思熟虑。

按照柏格森的理论，旋律并不是当一段演奏完成后才生成，而是在演奏者按下第一个音符时即已产生。或许未来的小说家在写作之前，首先就应有一个意识，明确自己要写一本小说集，还是写一篇一篇的小说。说一句半开玩笑的话，一个写作者最好精通编辑和出版，以便对将来自己作品集的成品样式有一个概念，这会对作家的创作过程产生深刻的影响。像莉迪亚·戴维斯所推崇的贝克特的话："不在意一个文本说了什么，只要它是被漂亮地建构起来的。"而这个建构不仅表现在单篇作品内部，也包含着一本书（小说集）作为整体的一个文本的建构。我个人认为，这或许是莉迪亚·戴维斯之于后来的写作者最大的启发和贡献。

《几乎没有记忆》，［美］莉迪亚·戴维斯著，吴永熹译，重庆大学出版社 2015 年 1 月出版

不写作家协会与不可能图书馆

有的人终其一生都在为写作做准备；有的人为了写作抛弃了工作、婚姻和家庭；有的人每天都试图写，但写出的东西却少之又少，甚至多年没有一部作品；还有人一旦写出成名作就再也不写。"不写"构成了这些作者的风格，成就了这一独特的文学流派。于是，"不写作家协会"应运而生。在这个组织中，文学成就的高度以写作量少和不写的时间来体现，尽可能少写以至于不写是全体成员共同的追求……这是我在阅读恩里克·比拉－马塔斯《巴托比症候群》过程中，不断脑补出的画面。

"巴托比"一词出自麦尔维尔的短篇小说《书记员巴托比》。很可惜，对于中国读者而言，除了《白鲸》和《比利·巴德》(又名《漂亮水手》)，我们对这位巨人式作家的其他作品了解甚少，这篇《书记员巴托比》至今还没有被翻译过来。恩里克·比拉－马塔斯用"巴托比"来指称"那些选择以'不'响应一切的作家"，那些不写和写不出作品的作家。这本《巴托比症候群》可以被看作是一部世界不写作家协会的会员辞典。文学史上最吸引人的难解之谜，莫过于有些写得那么好的作家为什么写得那么少？比如写出脍炙人口的《麦田里的守望者》之后的塞林格，写出引爆拉美文学大爆炸的《佩德罗·巴拉莫》之后的胡安·鲁尔福，他们都消失在谜一般的沉默之中。与他们的沉默相对的是，天才诗人兰波十九岁就放弃了写作，去过另外的人生，贩卖军火，漂泊天涯。唯一可以与兰波媲美的奇迹，恐怕只有《小王子》的作者圣埃克苏佩里在天空里的消失。比拉－马塔斯笔下的费勒尔·莱林则全心投入对秃鹰这种禽鸟的研究中，这让人联想起封笔之后埋头于花花朵朵坛坛罐罐的沈从文。

巴托比症是一种全球性疾病，中国患者自也不乏其人，比如早早放弃了小说写作的鲁迅，又比如当代作家孙甘露、须兰、陆忆敏等，以及众多有名无名的文坛失踪者。笔者年轻的时候，也曾被朋友戏称为山东的胡安·鲁尔福，不是我像胡安·鲁尔福写得那么好，而是因为我像胡安·鲁尔福写得那么少。我曾经把不写归罪于没有时间，甚至为了写作辞掉了稳定的工作。但是等我有了充足时间，才发现灵感绝非招之即来。你必须经历漫长而枯寂的等待，才能看到高冷的缪斯女神脸上一丝转瞬即逝的笑容。你不得不沮丧地承认——像比拉－马塔斯所认识到的那样，"有时候，作家放弃创作，单纯只是因为陷入了永远都康复不了的疯狂状态"。只有深味了此间的悲哀和无奈的巴托比症患者，才能说出下面这句幽默而伤感的话："在我的生命里只有三件事，分别是：写作的不可能性、这种不可能性的可能性，还有无尽的孤寂。"

化用一下托尔斯泰的那句名言，幸福的作家个个相似，不幸的作家各有各的不幸。还有比不写更不幸的吗？如加尔菲亚斯是一个写不出一行字的作家，他将此归咎于没有找到那个理想的形容词，无论何时问他，他都回答道：还没有，我还在找。约瑟夫·茹贝尔在开始写书之前，他先全心致力于研究如何找出最佳写作条件，最后因此完全忘记了写作这回事。而阅读歌德一度使得卡夫卡无法写作，像他日记中所抱怨的那样——"每一个障碍都在粉碎我"，他仅有的三部长篇小说都没有写完也就不足为奇。杜卡终其一生把自己当作一件家具看待，"而据我所知，家具是不写作的……如果我们知道其他家具都是沉默的，那么我的一生也就并非微不足道了"。当然，最妙的还是胡安·鲁尔福，每当有人问他为什么不再写作，他的答复是："因为我叔叔塞勒瑞诺去世了，而我所写的每一个故事都是他告诉我的。"而他确实有个叫塞勒瑞诺的叔叔，并且过世了。

不写并不意味着无能，相反标志着一种新的写作姿态和写作美学的诞生。马塞尔·贝纳布在他的杰作《为什么我一本书都还没写》中宣称：别以为我还没写的书就压根儿不值得一提。相反而显然地，这些我还没写的书，依然会成为世界文学史上的悬案，永远受后人引颈企盼。而克兰已经领悟到，一个作家真正能写的、唯一能写的，实质上便是写作的不可能性。因为"灰飞烟灭在文学史中永远引人好奇"。布莱兹·桑德拉尔"也曾有过这般臆想的行为，他花费了相当长的时间，差点把这本书写成，这本书被命名为《从未出版或从未被写成的书目手册》"。这些没有写出之书，数量之多足以汇成一座如作者所憧憬的《堂吉诃德》和《海底两万里》中虚构的"不可能图书馆"。

据说本雅明最大的雄心就是写一部全部用引文构成的著作，巴托比症患者多将此未竟事业视为自己的理想。当鲍比·巴兹伦意识到"写书已经是一件不可能的事情"，"因此，我再也不写书了。所有的书几乎都只不过是页脚注解的膨胀而已。所以，我只写批注"。比拉－马塔斯搜集和编纂这部野心勃勃的不写作家辞典，"这本不存在文本的批注"，或许受到过他的好友波拉尼奥那部子虚乌有的《美洲纳粹文学》的影响。他甚至引用了激赏本雅明的苏珊·桑塔格的话为巴托比症申辩："真正认真严肃的态度，是将艺术看作达成更高理想的一种过程，而为了达成这个理想，或许必须放弃艺术。"

换一个思路来想，写真的有那么重要吗？任何一个走进图书馆的写作者都会忍不住扪心自问：真的有再添一本书的必要吗？与其灾梨祸枣，不如不写更环保。文坛令人生厌之处在于，你必须一本接一本地写下去。过去一个作家一部中短篇就可以吃一辈子，现在则要源源不断地写下去。如果一个作家几年不出版一本新书，就很可能被读者遗忘。似乎直到写出一本大失水准的新书，被读者宣判死刑，才能彻底解放出来。写作几乎是遥遥无期的劳役，写一本书一劳永逸，只是一个美好的梦。也许不写的唯一的资格只能是已经写得足够好和足够少。

　　巴托比症患者大可不必羞愧，不写甚至反而是一种智慧。如本书作者书前题词所引用的法国古典时期最后一位伟大人物让·德·拉布吕耶尔的话："某些人的光荣或者优点在于写得好，至于其他人的在于不写。"而中国古代以写得少和不再写著称的著名作家老子曾曰："为学日益，为道日损，损之又损，以至于无为。"这位大概是世界上最早的巴托比症患者吧。庄子也说："吾生也有涯，而知也无涯，以有涯随无涯，殆已！"劝勉人们切勿勤奋。《圣经》亦有训示："著书多，没有穷尽；读书多，身体疲倦。"王尔德则说："当我不知生活为何物时，我便写作；而现在，当我领悟到生命的真谛与欢愉时，我便无物可写了。"我还想到波兰作家莱谢克·柯拉柯夫斯基《关于来洛尼亚王国的13个童话故事》中的一个，有人一心想成为名人，他发现在任何领域都很不可能，直到最后他想成为世界上最默默无闻的人……

　　尽管不是特别情愿，但道德感还是驱使我必须指出巴托比症其实有一个更通俗的名字，那就是人神共愤的拖延症。作为资深患者，我得承认自己沉迷于这段病程，以至于交稿时故意地晚了些时间。久拖不愈者寿，巴托比症万岁！

《巴托比症候群》，［西班牙］恩里克·比拉－马塔斯著，蔡琬梅译，上海人民出版社 2015 年 3 月出版

帕慕克,《雪》与其他

在飞驰的动车上读帕慕克的《雪》，如同经历双重旅行。

帕慕克开篇写道："长途客车上，坐在司机正后方的那个人这么想着：雪的沉寂，如果把它作为一首诗的开始，那么他此刻内心感受到的东西就可以称之为雪的沉寂。"

现在，还没有下雪，雪将下未下，最让人心颤。忍一忍吧，十一月的天空。

车过了黄河，扑面先看到一大片残荷，还有鹭鸶，白色的、蓝色的，就那么不可思议地立在水塘边。

后来，在酒店房间，突然看到窗外有孔雀踱步，眼泪差点掉下来。

在脑海中搜寻卡尔斯城所处的位置，按照帕慕克所写，那城在土耳其、亚美尼亚、格鲁吉亚三国交界，荒凉、混乱、破败。那地方勾起自己一桩极不舒服的往事，就像一个男人望见旧情人的身体，不由心伤：那里我曾经去过！而现在我要比卡幸运，这酒店也远比卡尔帕拉斯旅馆要好，只是没有伊佩珂姐妹。

驱使卡来到卡尔斯有三个原因：a. 寻找二十年前的土耳其，修复自己儿时的记忆；b. 调查卡尔斯妇女自杀和其他一些社会、政治、宗教事件；c.与自己的中学女同学伊佩珂见面，准备爱上她，同她结婚，带走她。这三桩事情可归纳为一出，即如何安妥诗人孤独、忧郁的灵魂。

相比之下，中国作家大多只能写一个人一桩心思一样行动，这是思想和情操的不足。

卡如此惆怅百结，难免很快就陷入层层沼泽。他很快丧失了尊严，获得了耻辱，为了安全离开卡尔斯城而苟且努力，刚刚展开的美轮美奂的爱情，也被那斑驳的雪洗得面目全非。伊佩珂站在窗前的身影固然催人泪下，卡孤单离去的身影更让人难以释怀。经过一个人，抵达信仰，同经过一个人，去忘记一个人一样靠不住。卡虽然当时离开了，但死亡的阴影一直追随着他，直到将他扑倒在法兰克福的大街上。

我几次都感到窒息，不得不停下来喘口气，仿佛同卡一起与魔鬼搏斗。我的旅行似乎因此也艰难。

阅读《雪》的过程，常有似曾相识的感觉，很多地方让我想到《大师与玛格丽特》《等待野蛮人》《彼得堡的大师》，还有电影《地下》。就像在路上不期而遇你喜欢的人，会心一笑的感觉是好。

《雪》，[土耳其] 奥尔罕·帕慕克著，沈志兴等译，上海人民出版社 2007 年 5 月出版

真实与幻影

二十岁时没能结合，因为他们太年轻；八十岁时，也没能结合，因为他们太老了。这就是《霍乱时期的爱情》中费尔比纳与阿里萨之间的爱情，这耗尽了一生的爱情，和在漫长的煎熬与期待中度过的一生，两者究竟哪一种更值得？阿里萨执迷不悔地回答道："唯一使我痛苦死去的是不能为爱情而死。"所谓爱情，就是常规生活之外的一种非常状态，它蔑视冷酷、庸碌的现实，执拗地创造另外一种现实，乌托邦般的现实。它选择最虔诚的信徒，来实现它在人间的奇迹，而置它的信徒的磨难于不顾。阿里萨无疑是爱情最虔诚的信徒，如果没有爱情，他就是一个彻底平凡而猥琐的人，是爱情使他神圣、坚强、无坚不摧，他甚至战胜了时间，把心爱的人从近六十年之久的迷途中拉回到自己身边。面对这样一个着了魔的人，一个被爱情燃烧的人，费尔比纳不得不这样认为："他好像不是一个血肉之躯，而是一个影子。"费尔比纳"在梦中哭了好一阵子"，醒来时她发现，思念阿里萨比思念亡夫更多。

费尔比纳的泪水意味着对自己过去五十年来牢固婚姻的反动。那长期以来安之若素的幸福生活突然在一瞬间坍塌，感情的潮水冲开了深埋的少女时代的记忆。经历了人世的沧桑之后，她终于有了一双看懂爱情的慧眼。那缠绵悱恻、剥骨蚀心的少年人的初恋，那无数思念、期盼、羞涩、自虐交织成的爱情，居然被自己用一个微不足道的手势轻轻抹去了，而这仅仅是缘于一个小小的误会。马尔克斯丝毫没有责怪费尔比纳的轻率，就像他没有责怪阿里萨的无数猎艳之举一样。他知道，相对于五十年如一日的爱情，一切都是值得同情和原谅的。

与费尔比纳循规蹈矩的婚姻生活相比，失去了爱情的阿里萨就像一个无家可归的孩子，绝望和悲伤一直伴随着他，即使是在放纵情欲的日子里。阿里萨坚守着心中的幻象，借用博尔赫斯的话来说就是：他要毫发不爽地梦见她，使她成为现实。当他和费尔比纳在即将走到人生的终点，终于再次相遇时，他甚至声音一点也不含糊地对她说："我在为你保留着童身。"马尔克斯是严肃的，他也不准读者笑出声来。虽然，就连费尔比纳也不相信这是真的。可是，阿里萨早已经不是一个普通人，世俗情爱的标准无法衡量他的心灵。他在争取爱情的战斗中，已经把自己塑造成了一个圣者。

阿里萨和费尔比纳登上了一艘游船，开始了他们的"蜜月"旅行，这是一次被延迟了半个世纪的旅行，时间已经是整部小说的尾部。也许只有马尔克斯那天才的叙述才能抚慰阿里萨和费尔比纳半个世纪以来，为赢得爱情而饱受的屈辱，于是我读到了世界文学中最为辉煌、最为感人和最为惊心动魄的场景之一：两个风烛残年的老人的做爱。阿里萨"鼓足勇气用指尖去摸她那干瘪的脖颈，像装有金属骨架一样的胸部，塌陷的臀部和老母鹿般的大腿……肩膀满是皱纹，乳房耷拉着；肋骨包在青蛙皮似的苍白而冰冷的皮肤里……"那少年时代憧憬的肉体已经风化不堪，青春的汁液在时间的沙漏里洒失殆尽，曾经散发着幽香的双唇如今散发着难闻的酸味。可是，相对于漫长的没有爱情的岁月，唯有这一切是真实的。费尔比纳喊出了催人泪下的声音："如果我们一定要做那事，那就干吧！"这声音是那样的直白和朴素，但饱含着摧枯拉朽的力量——"他们的感觉不像新婚夫妇，更不像晚遇的情人。那颇像一下越过了夫妻生活中必不可少的艰苦磨难，未经任何曲折，而直接奔向了爱巢。他们像被生活伤害了的一对老年夫妻那样，不声不响地超脱了激情的陷阱，超脱了幻想和醒悟的粗鲁的嘲弄，到达了爱情的彼岸。因为，长期共同的经历使他们明白：不管在什么时候，任何地方，爱情就是爱情，离死亡越近，爱就越深。"

这是对死亡和衰老的挑战，这是生命和爱情的胜利。

马尔克斯的目光不仅在两个相爱的人身上停留，更是投向了广阔的世界。他知道如果没有残酷、野蛮的现实，阿里萨和费尔的爱情就难免显得空虚。他让他俩的爱情在无休止的战争和恐怖的霍乱中展开，在平庸、琐屑的世俗生活中展开，他在歌颂伟大爱情的同时，无情地批判了现实世界。当疯狂而令人迷醉的旅行即将结束时，面对熟悉的河岸和生活，阿里萨命令船长挂上标志瘟疫的小黄旗，于是这次旅行就永远继续下去了。

"妈的，您认为我们这样瞎扯淡地来来往往可以继续到何时？"船长问。

阿里萨的话使得小说变得没有了疆界，可是即使小说结束，阿里萨和费尔的爱情也不会结束，他们的生命因为这传奇的爱情获得了永生。现在的他们和过去的他们，究竟哪一个真实，哪一个只是幻影？

《霍乱时期的爱情》，[哥伦比亚] 加西亚·马尔克斯著，杨玲译，南海出版公司 2015 年 6 月出版

最迷人的野草莓

　　对于那些相信"人类拥有艺术是为了不至于因为现实而死"（尼采语）的人们来说，英格玛·伯格曼是一个多么值得敬重的朋友。这个斯堪的纳维亚半岛森林中的神秘歌者，行走在明亮与幽暗之间，就像是阳光透过层层树林，照在人脸上的斑影。荷尔德林曾徒步穿越整个法兰西，为了证明情人的死讯；伯格曼终其一生的歌唱是为了穷尽人类完美的可能：那华美无上的仪典、薄雾中轻轻扬起的纱裙、恍若隔世的泪水人生、激情之吻与神秘的命运……

　　每个人都降生在这个小小的星球上，生命的脆弱、偶然与怅惘一样漫长。肉体是沉睡于林中的一只野兽，情欲是唤醒它的咒语。接下去是绵延无期的雨季，万物都在沉默中消逝着光芒，相信未来变得与相信自己一样荒诞。当艾瓦尔德得知妻子怀孕的消息后，他竭力反对这个孩子的出生。他说："活在这个世界上是荒谬的，给它增加新的受害者甚至更荒谬，而相信他们将会有一个比我们更好的世界则是最荒谬的。"（《野草莓》）不管人们是否愿意承认，存在的尴尬和卑琐每时每刻都在磨损着生命的激情。伯格曼触及人类内心最敏感和最软弱的部分，使人们为生命痛哭直至幡然清醒。他甚至极尽残忍地借助骑士安东尼俄斯之口说出了我们谁都不愿接受的事实："我的一生是一种无用的追逐、漂泊、流浪和没完没了的无谓的空谈。"(《第七封印》)

"绵绵倾诉的雨打磨时光的针／把一种缱绻的思念牵引／我无法不重温易患流感的女人的啜泣／趁我独步／趁我微醺……"黑大春的这首诗歌总让我联想到伯格曼忧郁的身影。但是，伯格曼的忧郁要比这更有力、更不可救药。他最终让死神"这个严厉的主人"出场了：他邀请铁匠、骑士和他的侍从雷维尔、斯格特一起跳舞，"他让他们互相手挽手，叫他们必须走成长长的一排。打头的是拿着长柄大镰刀和沙漏的主人"——请注意镰刀和沙漏这两个意象：镰刀象征着收割、对生命的删刈，沙漏代表时间、尘埃的衰落，生命坠入无穷无尽的时间的深渊。"这是到黑大陆去的庄严舞蹈，他们在黎明时跳着舞离去……"在这里，伯格曼创造出了一个光辉绝伦的仪典，充分显示出一个大诗人的辽阔胸襟和千钧一发的张力。美丽善良的米娅和她善良平凡的丈夫、天真可爱的孩子一起目睹了这一切(《第七封印》)。伯格曼在他们身上集结了强烈夺目的人性之光，这其实是诗人悲天悯人的赤子情怀无法遏止的自然流露。

最令人敬佩是，从来没有一位天才的艺术家能像伯格曼一样同时具有无比谦逊的美德。他恰恰不是一位艺术至上者，更不是一位一劳永逸的地主——靠名望和利息度日。他凭借四十六部几乎部部经典的影片告诉世人：艺术必须根植于崇高的信念。他说："艺术家无论生前还是死后，都不会比其他匠人更为重要，永恒的价值、不朽性和名著这些词对他们是不适用的。创造的才能是天赋的，在这样的世界里充斥着坚定的信念与自然的谦卑。"

在《夏夜的微笑》剧本自序中，伯格曼引用了卡尔特大教堂遭雷击毁灭后重建的故事：四面八方汇聚来的人们一起把教堂建成，"他们的姓名都无从知晓，至今也没人知道是谁建造了卡尔特教堂"。伯格曼说："我希望成为建造那矗立在广阔平原上的教堂的艺术家中的一员。我想用石头雕出一个龙头、一个仙子、一个魔鬼或圣人。做什么东西并不重要，重要的是我从中获得的满足，不管我是否有信仰，不管我是否是一个基督徒，我愿在建造教堂的集体劳动中贡献自己的力量。"从这段话中，我更清晰地触摸到了一个大艺术家那颗滚烫的心。如果视伯格曼的创作生命是一条汪洋恣肆的大河，这就是河的源头。

《夏夜的微笑》，［瑞典］英格玛·伯格曼著，黄天民、伍菡卿译，中国电影出版社1986年6月出版

命运分岔的河流

1907年8月，24岁的卡夫卡结束了他在法院的实习，开始到工伤事故保险公司上班。他的保险公司职员身份一直保持到去世前倒数第三年（1922）。在这15年里，卡夫卡写出了一生中几乎所有重要的作品，同时也留下了数十万字的日记和随笔。在其中的一则中他这样吐露了自己的苦恼：

"……由于我的作品产生缓慢，由于其独特的特性，我不能赖文学以生存。因此我成了一家社会保险公司的职员。现在这两种职业绝不能相互忍让，绝不会产生一种共享的幸福。一个中最小的幸福也会成为另一个中的莫大的不幸……在办公室里我表面上履行着我的义务，却不能满足我内心的义务，每一种未曾履行的内心义务都会变成不幸，它蜗居在我的内心深处再也不肯离去。"（1911年3月28日）

另外一则更为人熟知，也更深刻：

"无论是谁，如果他不能应付生活，就应该用一只手把对命运的绝望挡开一些——这将是远远不够的，但他可以用另一只手记下他在废墟中看到的一切，因为他与别人看到的不同，而且更多，他是在有生之年已经死去，但同时又是幸存者……"

（1921 年 10 月 19 日）

就在卡夫卡因病不得不结束他的保险公司职员生涯的第二年，一位美国律师在这个被卡夫卡作为一部小说的名字，但其本人一生未曾到过的国度出版了一本薄薄的诗集（也是他的第一本诗集）:《风琴》。这本诗集仅仅售出了一百册，而它的作者却并不因此沮丧和懊恼。他似乎仅仅把诗歌看成是一种游戏，一种生活中可有可无的点缀。20 世纪 30 年代，他开始担任一家保险公司的副经理，他在保险业游刃有余，成绩卓著，得到了社会的一致尊重。人们也因此熟知了他的名字：沃莱斯·史蒂文斯。

忧郁的卡夫卡仅仅活了 41 岁（对他来说，死更像是一种解脱），因此，他注定不能在有生之年得到世人的理解，遑论推崇；史蒂文斯活过了将近卡夫卡两倍的光阴，在他的晚年，人们惊奇地发现了这个成功的保险商在另外一个领域取得的卓越成就。在他去世前的几年内，他连续获得了美国三种最重要的诗歌奖，他死后的荣名更是越来越高，越来越多的人把他的名字同庞德、艾略特相提并论。

我们不妨来读一下史蒂文斯的一首著名的诗歌：

"二十个人走过桥梁 / 进入村庄 / 那是二十个人走过二十座桥梁 / 进入二十座村庄 // 或是一个人 / 走过一座桥进入一个村庄 / 这是一支古老的歌 / 它不会宣泄自己的意思 // 二十个人走过

桥梁／进入村庄／／那是二十个人走过一座桥／进入一个村庄／／这村庄不愿显露自己／但肯定有自己的意思／／人们的靴子踏上桥梁的边缘／村庄的第一座白墙／自果树丛中升起／我在想些什么／而意思已经逃离自身／／那村庄的第一座白墙／那果树林……"（《宣言的隐喻》）

卡夫卡的思想产生于他与世俗生活不可调和的矛盾中，他正是那种活着却"不能应付生活"的人。今天，我们了解到他的这些情况，再来阅读他的作品，就不难理解他对现世的深深绝望。但是，史蒂文斯的情况要比这复杂。每一个读到史蒂文斯诗歌的人都难免为其玄远、抽象、诡秘所震惊，人们总是不由自主地想在其中捕捉到什么，然而我们伸出的手却连一丝回音也不曾触及。读了他的诗，再来看他的经历，人们就不能不感到不可思议。在几乎相同的情景下，史蒂文斯把卡夫卡的"绝不能""绝不会"分别改成了"能"和"会"。人们对此禁不住要发出这样的疑问：一个人真的可以分成完整的两半？

像史蒂文斯一样，俄国白银时代的杰出思想家舍斯托夫也向人们上演了上乘的"分身术"：现实生活里精明商人的身份，并没有阻碍他对形而上问题的深刻思考；《在约伯的天平上》的写作也没有影响他从容不迫地管理自家公司的繁杂事务。他与史蒂文斯同样优秀、独特，也同样足以令卡夫卡目瞪口呆、自惭形秽。

卡夫卡与史蒂文斯（或舍斯托夫）的共同之处在于：他们都未曾进入职业作家的行列中，但他们却比任何职业作家都更专业。他们的不同在于：卡夫卡应付不了生活，而史蒂文斯和舍斯托夫却将世俗生活与精神生活神奇地统一在了一起。在卡夫卡的身前身后站着克尔凯戈尔、普鲁斯特、凡·高、郁特里罗、莫迪里阿尼等人，绝望和恐惧无情地吞噬着温情，生活上无能而精神伟大成为这些短命天才们的共同特征，正像凡·高在一封信中向他弟弟提奥提出的疑问："我们看到的是否只是生活的一面？"而在史蒂文斯和舍斯托夫的一侧，站立着一些更了不起的"分身术"大师，他们是：首相诗人歌德、外交官诗人圣琼·佩斯和巴勃罗·聂鲁达、总统剧作家哈维尔……他们展示了人类心灵的无限广阔和人类同时驾驭现实和梦想的力量。他们的强健使卡夫卡们的疾病和虚弱更加明显，人们在对他们表示钦佩的同时，更为命运笼罩在卡夫卡们头顶上的悲凉感到惊悚和不平！

诡秘与天真

第一次看到莫迪里阿尼的画，我就情不自禁地喜欢上了他。那是一幅《戴项链的女人》。那年，我 19 岁，忧郁、偏执，沉溺于诗歌的乌托邦幻梦中不能自拔。现在回想起来，大约是画中那个女人甜美而呆滞的神情所隐含的茫然深深地触动了我的内心。一晃六年过去了，时光医治好了我的忧郁症，但并没有使我遗忘莫迪里阿尼。相反，随着年龄的增长，以及对莫迪里阿尼的人和作品了解的加深，我的心灵和他靠得越来越近。现在，我可以自负地说：我理解莫迪里阿尼，就像理解我最亲近的朋友。

莫迪里阿尼画的多是一些社会底层的小女子、小伙计，他笔下的人物通常身体不成比例，有一种孩童般的稚拙。长长的脖子、瘦削呈椭圆形的肩膀、倾斜的脑袋、大而无神的眼睛、撅起的嘴唇……让人看一眼就忘不掉。他的笔法精细，一丝不苟，显示出非常深厚的艺术功底，爱用暖色调，但画出的人物却给人一种远离尘世的冷漠。也许，他画的本来就不是人所熟悉的现实，而是一个又一个梦魇。从他留下的仅有的四幅风景画来看，一棵树、一条路，都有着女性形体般的妩媚。这说明，他是一个完全沉湎于内心的人。

　　莫迪里阿尼是一个不可模仿的天才。他的画就像博尔赫斯的小说一样，单纯得如同一颗露珠，但又密布着诡秘、幽玄的暗道，直通灵魂深处，平静、真挚、感人至深而又发人深省。他是那样独特，就连阿赫玛托娃也啧啧称奇："莫迪里阿尼怎么会认为一个明显不美的人是美的？而且坚持这一点。……他可能并非像我们那样看待一切。"

　　1911年，22岁的阿赫玛托娃经常和莫迪里阿尼坐在卢森堡公园的免费长凳（而不是令人惬意的收费的椅子）上谈话、背诵诗歌。那时，谁也看不出这两个穷孩子能有多大出息。巴黎多雨，莫迪里阿尼撑着一把非常旧的大黑伞。当时，他已经27岁了，可是却告诉阿赫玛托娃说他今年24岁。我非常理解莫迪里阿尼这句小小的谎言。那时候，他正深陷于贫穷和孤独中，饱受着人们的讥讽，"作为一个画家，没有一点成名的迹象"，内心的焦灼使他对日益增长的年龄产生深深的恐惧。对于一颗过度敏锐的心灵而言，时间的重压是常人所难以想象的。但即使身处如此困境，莫迪里阿尼仍对世俗琐事和温软的大众口味不屑一顾。阿赫玛托娃评价说："这并非家庭教育的结果，而是精神高尚所至。"莫迪里阿尼喜欢在夜晚独自漫步，阿赫玛托娃经常听见寂静的街道上传来他的脚步声，这时，她就走近窗子，透过百叶窗注视正在窗下徐行的莫迪里阿尼。这个美好的场景使我浮想联翩，两个艺术家的相处，即便最平淡无奇的生活也会充满诗意。有一次，阿赫玛托娃拿着一束玫瑰花去拜访莫迪里阿尼。莫迪里阿尼不在，阿赫玛托娃就把花从窗户里扔了进去。等到他俩再见面的时候，莫迪里阿尼感到困惑不解，因为阿赫玛托娃没有他的钥匙。阿赫玛托娃告诉他是怎么回事，莫迪里阿尼却怎么也不相信。"不可能，"他说，"那些花可是放得好好的……"

后来，在彼得堡，阿赫玛托娃不断向来自巴黎的朋友询问莫迪里阿尼的消息，回答总是不知道、没听说。但阿赫玛托娃始终坚信：这样的一个人理应熠熠发光。直到20世纪20年代初期，阿赫玛托娃才从一本法国美术杂志上看到一篇关于莫迪里阿尼的文章，但令人遗憾的是那是一篇悼文。文中称莫迪里阿尼是20世纪伟大的画家，并拿他与波提切利相比。我感觉这是一个多么不恰当的比拟啊！这个比拟从另一个方面说明了莫迪里阿尼是一个前所未有的艺术家，没有任何现成的例子可供参照。或许老乡波提切利的脉脉温情和甜美的风格与莫迪里阿尼有些接近，但实则是貌合神离、相去甚远。莫迪里阿尼的画看似古典，其实充溢着强烈的现代精神。他基本上可以看作是一个存在主义者，而绝非古典浪漫主义者。

像所有走得太远而又不肯同时代讲和的艺术家一样，莫迪里阿尼艺术伟大、生活无能、命运坎坷、生命短暂。1920年

1月24日，在经历了长期的流浪和贫穷之后，莫迪里阿尼因患肾脏病死于巴黎的一家慈善医院，年仅36岁。他死后的第二天，他的妻子就丢下一岁多的女儿跳楼自杀了。想到这些，命运的不公和残忍总使我手足冰凉，就此打住！

"弃绝无限是那件传说中吟唱的衬衫……"

多年以前夏天的一个夜晚，我走进上海华山路新华书店，店员告诉我还有五分钟就要打烊，我在朝门的书架上飞快地扫了一眼，抓了一本薄薄的小书赶紧出来。接下去，在上戏招待所狭小的房间里，我一口气把这本书读完，身心受到了巨大的震颤。十多年过去了，我仍然能够清楚地记得那种震颤是怎样一种感觉。事实上，从打开那本书的第一页起，我就感到从来没有谁像这本书的作者让我感觉如此亲切，或者说像他这样引我洞见自己内心的黑暗。

这本书开头第一段文字是这样写的："今天晚上，我刚从一个晚会上回来。我出口成章、妙语连珠，成为晚会上的明星——我想开枪把自己毙了，这个破折号应该和赤道一样长。"这个破折号是如此突然，如此暴烈，像抽中眼睛的鞭子，但它又是那样柔软、无垠，"和赤道一样长"，因此具有无限反弹的力量——这不可思议的辽阔想象！这样一段文字，如此简洁，又惊心动魄，读起来仿佛从天堂到地狱一脚踏空，中间没有丝毫过渡。

这个奇怪的人就是克尔凯戈尔，我读到的这本书是他的日记选。克尔凯戈尔一生用十几个名字写了 9000 页真假不一的作品，而他的中文译名之多，也是匪夷所思。克尔凯郭尔、克尔凯戈尔、祁克果、齐克果、基尔克哥、基尔克果……难道这仅仅是巧合？

西川有这样的诗句（大意）："熟悉各种命运的人，有一种命运熟悉他。"这句诗用在克尔凯戈尔身上，最恰当不过了。他与身世、他与婚姻，他与上帝的关系……

克尔凯戈尔毕生致力于消灭自己："我死以后，没有人能够在我的论文（那是我的慰藉）里找到那充满我一生的根本所在；也找不到封存在我内心最深处的作品，它解释了我的一切，常常使得在世人眼里微不足道的事情，在我看来却举足轻重，或者相反，世人趋之若鹜之事，于我却毫无意义——在我将解释这一切的秘密注解毁灭殆尽之时。"

与克尔凯戈尔的邂逅，是我生命中的一个重大精神事件。想起他，幸福与不安之感在心中荡漾。

玉露凋伤枫树林

大约是在 2009 年，我在新星出版社参与策划一套名为"小说街"的丛书，意在搜罗世界文学史中那些被埋没的大师，当时提交的选题中就有桑多·马芮（马洛伊·山多尔的港台译名）和彼得·纳达什等人。出于种种原因，这个项目最终搁浅，只出版了布鲁诺·舒尔茨、弗兰纳里·奥康纳、卡普钦斯基等少数作家的作品。因此，当我看到新出的桑多·马芮的大陆译本时，有一份特别的欣喜。

在策划"小说街"选题时，我发现东欧和中欧有大量世外高人，用当时同事止庵老师的话来说，就是"遍地都是大师"。究其原因，自然离不开多种民族、文缠绕一交融，更迫近的原因则是因为现代所遭遇的特殊经历。这片土地曾是"一个世纪的舞台"，或者像昆德拉说的"衰落时期的实验室"，这构成了"欧洲精神"的宝贵遗产。在这个背景下审视山多尔和所有东欧作家，都是必须的。《欧洲精神》中把山多尔与米沃什划为一体，库切也称之为黑暗十年的记事家。

山多尔 20 世纪 30 年代曾经一度走红，但随即又被人遗忘，直到 21 世纪以后重新被英语世界发现，视为穆齐尔、托马斯·曼、卡夫卡式的半神人物。

《烛烬》讲述一对老友暌违四十一年后重新聚首，昔日的辉煌帝国辉煌已经烟消云散，他们也已步入风烛残年，像亨利克所叹惋的"我们已经不会活太久了，一年、两年，也许更短……四十一年是很长的时光"。不可思议的是，马洛伊·山多尔本人从1848年孤独地离开故乡，到1989年在加利福尼亚举枪自尽，也正好是四十一年。如果不是他在《烛烬》中预言了自己的死亡，一定是他用死亡回应了《烛烬》的谶语："一个人在地球上有未竟之事，他就得活着。"山多尔的一生是不断被死亡剥离的一生，儿子去世，弟弟妹妹去世，厮守半个世纪的爱妻去世，又一个弟弟去世，养子去世，除了死亡，他已一无所有。更诡异的是他自杀去世仅几个月后柏林墙倒塌，东欧剧变，这个渴望自由的人终不能重返自由。命运的惊心动魄掩映在平静的文字背后。

如果说《一个市民的自白》喧嚣像历史的交响，《烛烬》则如静穆的戏剧。译者余泽民称其"用莎士比亚式的语言怀念逝去的帝国时代，以及随之逝去的贵族品德和君子情谊"。在两位老友的对话中，有一段意味深长。康拉德认为"我的家园曾经是一种情感，这种情感被伤害了。人在这时候会毅然出走，去热带，或更远的地方——到时间避难……""我们为之宣誓的国家已经不复存在……曾经有一个我们值得为之生、为之死的世界。这个世界灭亡了。新的世界与我无关。"而亨利克则认为：对我来说，这个世界依旧还在，即使在现实中已经消亡。它还在，因为我向它许下过誓言。两个朋友选择了不同的道路，"当你在热带和世界上闯荡时，我一个人在森林里隐居"。从这段对话来看，康拉德更像带有马洛伊·山多尔本人的影子。这可以看作是一种对倒修辞，想象自己返回故里，与往事对话。作者真正想说的却是：世界其实并不重要，重要的是从来不能忘记。

隔着四十一年的光阴，横亘在两个男人之间的，是一段"伪装成独白的爱情"。忠诚与背叛，爱情与友情，仇恨与知音，旧国与他邦，掩映在沉默的激情后面，像掩藏在厚重的幕布后面。在库切看来，《烛烬》是一部什么都没有发生的小说，因此也是一部谜一样的书，像马洛伊的诗句所写："孤独跟丛林一样，充满了秘密。"同时，这也是一首洋溢着象征的长诗。风雪象征疯狂的世界，毁灭一切的战争与情欲，烛火是一个帝国的残阳夕照，整部小说如一曲沉郁的挽歌。

这又是关于一个人与往事和解的动情叙事。在小说中"他俩默默告别，无言地握手，两个人全都深深叹息"。这让人想起阿赫玛托娃的《迎春哀曲》："风雪没有饮酒却醉了，在松林里不再发狂，寂静仿佛是奥菲利亚，通宵为我们伴唱，他先是，后又慨然离去，至死和我们在一起。"

马洛伊的作品充满贵族气，典雅、冷峻、克制，古典浪漫主义的韵味十足。有意思的是，这一点引起库切的不满。库切认为马洛伊关于长篇小说形式的设想都是老套的，对长篇小说潜能的发掘有限，因此在这一领域的成就也是微弱的。但依笔者愚见，一个阶级自有一个阶级的文学。马洛伊用华丽之笔顽固建筑起他所忠诚的那个昨日世界的城堡，深情哀悼旧世界的美与道德，亦自有他无可厚非的价值意义。

《烛烬》，［匈牙利］马洛伊·山多尔著，余泽民译，译林出版社 2015 年 11 月出版

一本讲述比利·林恩的中场故事的 3D 小说

在美国，胜利属于光荣的 20 世纪 60 年代。与鲍勃·迪伦被授予诺贝尔文学奖一样，李安改编自本·方登同名小说的新片《比利·林恩的中场战事》（中译本名《漫长的中场休息》）在一定程度上也可以看作是对"垮掉的一代"及其影响下的 60 年代美国文化的致敬。电影虽然还没有获奖，但已经在观众那里获得了巨大的荣耀，这无疑是最珍贵的奖赏。套用鲍勃·迪伦获诺奖时一句流行的煽情的评论——这个奖奖给了灵魂，而不是像比利·林恩所认为的那样——是对自己生命中最惨的一天的褒奖。比利·林恩的故事中跳动着一颗 60 年代的心脏，这不仅因为他所处的伊拉克战争与 20 世纪 60 年代越南战争之间的简单对应，更因为文本与精神上的深度契合。

如果说比利·林恩的故事像很多文章一样存在一个"文眼"的话，这个"文眼"在我看来就是中场秀前一天施鲁姆的葬礼。请注意，"他们准备了道教经文和艾伦·金斯伯格的《威奇托中心箴言》（又译《维基塔中心箴言》）"。道教经文看起来异常突兀，实际上却是代表深受禅宗影响的垮掉派—嬉皮士一脉的精神符号。禅宗经铃木大拙在美国推广流行，成为"垮掉的一代"

的重要精神资源，道教则被视作禅宗之滥觞，垮掉派中的著名诗人如斯奈德、雷克斯罗斯甚至被誉为"美国道教之父"。道教经文和艾伦·金斯伯格的《威奇托中心箴言》显然是生前喜欢读书的施鲁姆的至爱，既是殉葬物，也可被视为墓志铭，昭示了死者的精神背景。小说中施鲁姆对比利·林恩的影响随处可见，称其为比利·林恩的精神之父也不为过。施鲁姆的死深深触动了比利·林恩的内心，他甚至感觉自己也随之死去了。因此，施鲁姆的葬礼也是属于比利·林恩和所有 B 班兄弟的，带有深刻的自我祭奠意味。

《威奇托中心箴言》是金斯伯格创作于 20 世纪 60 年代的伟大诗篇，也是著名的反战诗歌。除葬礼一处之外，小说的第二章题目"主要是你的脑子有问题，不过我们治得好"直接源自此诗。书中多处碎片式句词及诗体排列，也仿效了《威奇托中心箴言》和金斯伯格的其他诗篇。事实上，金斯伯格的诗歌构成了小说有力的注脚和潜在的互文，有些富有节奏的短句几乎可以完美地嵌入小说之中，如"语言，语言 / 战争语言 / 战争就是语言 / 语言已经被滥用 / 出于广告和宣传使用语言 / 就像是变幻魔法在这个地球上称王称霸争权……"（《威奇托中心箴言》）这种互文的例子同样适用于比利向现场记者谈到的出身体育报道记者的传奇作家亨特·斯托克顿·汤普森及其作品。就文本的繁复视角以及多重透明叙述的高超技艺而言，这本身就是一部 3D 小说。难怪李安要动用 120 帧的高科技手段，唯其如此，才能透析灵魂。我甚至以为电影应该复现原书中词句排列的视觉效果，尽管有变成弹幕的危险。很遗憾电影不能直接表现诗行，所以我们还需要读原著。

《比利·林恩的中场战事》如实反映了伊拉克战争对美国社会的撕裂，可谓无远弗届，即使久别团圆的家庭餐桌也不能幸免。人们不知道为什么打这场仗，不知道战争何去何从，更不知道这种撕裂何时终结。小说展现了不亚于《了不起的盖茨比》的繁华而虚假的美国梦，充斥着肥皂泡沫似的绚烂和瑰丽，一场场辉煌的视觉感官盛宴。像大亨诺姆表现的那样，人们沉浸于表演式的英雄主义，一种自我感动的"刻奇"。人人都自诩爱国、爱英雄，但仅仅停留在语言和表演。唯有语言的狂轰滥炸，煽情渲染，才能维持这场战争。没有人会像比利那样思考——"有没有一个临界点，有没有一个死亡人数能把祖国梦炸得粉碎？"这是美国日常生活的一天。谈论战争与真实的战争之间有着巨大的鸿沟，出现在这一天的 B 班既是众星捧月的战争英雄，又是这场战争的局外人。他们在战场上取得了胜利，却在真实的祖国那里饱受挫败，以至于灰溜溜地落荒而逃，逃回战场上去。那是一片死亡之地，又是他们保持尊严的存活之地。

英雄自然不会轻易束手就擒，类似于库切致力于探讨伦理的前沿边界，本·方登和他的 B 班沿着道德的边界伺机发起一次次反攻。值得玩味的是，小说里的性也都处于一种"中场"状态，并未深入和落地。比利"依旧是一副唱诗班男孩的模样"，并最终保留着处男之身。书中还充斥着许多同性恋的暗示，同性恋也是垮掉的一代突出的文化符号。天使，无性的生殖，与污浊的成人世界所对应的美少年神话……小说的丰富多义，使其具有无限阐释的空间。

《比利·林恩的中场战事》同时也是对经典战争小说的致敬，如海明威的《永别了，武器》，有趣的是作者本人还获得过海明威奖。比利·林恩的姐姐凯瑟琳同《永别了，武器》的女主角一个名字，且同为身体饱受摧残的美丽女性。还有雷马克的《西线无战事》（《比利·林恩的中场战事》也被翻译为"中场无战事"），那同样讲述的是一个年轻士兵回国休假的故事。如果比利·林恩的故事续写下去，谁能保证重返伊拉克的他不会像雷马克笔下结束休假的保罗·鲍曼一样身死沙场呢？哪怕是被一颗流弹击中。有一个词语贯穿《比利·林恩的中场战事》始终，那就是"拯救"。比利·林恩扮演着战场上的拯救者，而他的姐姐却一心拯救他免于死于战争，灵光乍现的爱情则是对虚无的拯救。"拯救"这个词很容易让人联想到"救赎"，事实上"拯救"很少能带来救赎，通往"救赎"的往往是牺牲之路。为保卫这样的生活和这些庸俗、虚伪、自私、夸夸其谈的人去死，是否值得？比利·林恩看到了其中的荒谬，却还是选择回到战场上去，像西西弗斯承担起荒谬的命运。这使他不仅是表面上的一个国家英雄，而且是一个个体的英雄、存在的英雄。"中场"意味着一种悬置的时间和无限的延展性，以至于显得无比漫长，但必须勇敢地终结其他的可能，走向确定的时间，才是真正的英雄所为。

接着就要说到信仰上了，一个不关心信仰的作品不会是伟大之作，甚至会让人感到不诚恳。"美国人喜欢祷告，上帝作证"，有意思的是比利知道《圣经》大部分是由伊拉克的苏美尔人的传说汇编而成的。出现在施鲁姆葬礼上的不但有《威奇托中心箴言》、道教经文，"还请了克劳人的一位长老来为战友的英灵祷告，结果仪式却变成了一出基督教极右翼分子的闹剧"。历史上作为美洲土著印第安人中的一支的克劳人，与面临外敌入侵的伊拉克古老的苏美尔人的命运没有本质区别。这小小的一幕像万花筒一样折射出宗教与文明的混乱冲突，这种一团乱麻的状态就是作为读者的我们今天面临的现实世界。

不但战争造成撕裂，信仰也造成撕裂，即使是在两个相爱的人那里。当比利和费森两个人第一次单独相处时，还没有发生什么，费森就问他信不信上帝，他只能回答"我还在探寻"，他解释，当你在伊拉克目睹了一些事情，特别是小孩子……祷告就没有那么容易了。他觉着是战争使他皈依了现实世界，这场中场秀就像一个成年礼。"我们都是受神的召唤，来做他世上的光。"费森说。可是，没有人关心光的背面，就像没有人关心这段注定昙花一现的爱情。是否一个不信上帝的人注定就要去死，因其不配享受在别人看来再普通不过的天经地义的生活，就像加缪笔下的局外人默尔索，渴望被行刑那天很多人来围观，还要向自己报以愤怒的呐喊，"比利渴望有人骂他是刽子手，哪怕只有一次"。我相信，在未来某一天，当比利迎向死亡的瞬间，他一定会回想起中场秀间隙素昧平生的碧昂斯向他投去的"同样生而为人的理解的目光"。

《漫长的中场休息》，［美］本·方登著，张晓意译，南海出版公司 2016 年 11 月出版

非虚构是一种更高级的虚构

　　作为一名在大学教授写作课程的老师，笔者一直给学生以如下忠告：少看文学刊物，多看那些市场化的新闻报刊上的文章，因为那上面的稿子往往比多数文学刊物上的作品写得好。当我最初有这个发现的时候，非虚构还远没有流行。那时候坊间关注的是特稿，这种关注也仅限于媒体圈内部。诗人黄灿然有一个观点，大致是说他们那一代诗人（20世纪60年代出生，80年代大学毕业）刷新了中国报刊的语言。那么，21世纪以来涌现的大批优秀特稿作者则把中国媒体的写作水平提升到了前所未有的高度。如果列举直接启发了中国新闻特稿写作的作家，排在第一位的大概非盖伊·特立斯莫属。

　　作为"新新闻"文体的开创者，盖伊·特立斯不只是在中国媒体界拥趸甚众，更被全世界特稿记者奉为新闻书写的典范。然而，他对戴在自己头上的桂冠似乎并不认可，他告诉《巴黎评论》的编辑："我从来没想过什么新新闻主义，我从来不觉着自己在用新方法写作，我只是想写得像菲茨杰拉德。"另一方面，他无意成为一个小说家。他认为新新闻虽然读起来像小说，但本质上不是虚构的小说，它追求的是一种更广泛的真实性。有意思的是，盖伊·特立斯的另一位偶像海明威，当年曾建议采访他的《巴黎评论》主编乔治·普林顿去读《赛马新闻报》——"从那里你可以找到真正的小说艺术"。看来，不会写新闻的诗人，不是好小说家。

盖伊·特立斯是海明威和菲茨杰拉德的好学生，他从海明威那里学到了简约、明快，从菲茨杰拉德那里学到了繁复、迷离。他笔下的纽约文艺生活洋溢着海明威《流动的盛宴》中巴黎的神韵，他的纽约系列特稿则完美诠释了新一代了不起的盖茨比的美国梦。

《纽约史》的作者、法国历史学家弗朗索瓦·维耶认为："纽约不等同于美国，它是美国潜在的可能，是最强烈的可能。"纽约就像西蒙娜·德·波伏娃所赞叹的"《一千零一夜》中的财宝"，永远活力四射，充满魔力，令人眼花缭乱，心驰神往。盖伊·特立斯写下了纽约的清晨、黄昏、夜晚，雨天和晴天，建筑工人、清洁工、大亨、强盗、流浪汉等，以及各种各样的匿名者和奇特职业从业者，还有纽约的猫和鼠、玩具洋娃娃……他写出了万花筒般旋转的纽约，也快速捕捉记录了一个国家的崛起。一幅幅城市速写，构成一部纸上的纪录片，一部城市交响诗。他的写作与其说是新闻，不如说像电视纪录片解说词。在这种写作中混合了惠特曼、金斯伯格、菲茨杰拉德的文风，也许还有伍迪·艾伦的幽默。这种文笔简直是为纽约量身定制，也因其强烈的风格化被广泛模仿。

"每天，纽约人要喝下46万加仑啤酒，吃掉350万磅肉，消耗21英里长的牙线。在这座市里，每天有250人死去，460人出生，15万人戴着玻璃或塑料假眼行走；这里还有500名巫师、600尊雕塑和纪念碑，30万只鸽子……"这一段文字，为无数特稿作者所惊艳，耳熟能详到可以背诵的程度。就像当年马尔克斯第一次看到卡夫卡的《变形记》时惊呼"原来小说还可以这样写"，多少记者读到盖伊·特立斯的《纽约——一位猎奇者的足迹》也会惊呼"原来新闻可以这样写"。盖伊·特立斯赋予了原本枯燥的数字以音乐的节奏，从而激活了读者深陷于审美疲劳的感知系统，同时又产生一种奇异的催眠效果，赋予现实以梦幻的景深，使其更接近灵魂的真实。

在《走向深处》中，盖伊·特立斯描写了一组"名人的梦想与逝去的辉煌"，其中包括歌唱家弗兰克·辛纳屈，棒球明星乔·迪马乔，前拳王弗洛伊德·帕特森，演员彼得·奥图尔，《时尚》杂志的封面女郎，《巴黎评论》编辑部群像以及纽约文艺圈的"东区军团"。阅读那些光彩熠熠的成功人物，会让人很自然地联想到《了不起的盖茨比》和《公民凯恩》。美国，太美国了！

1956年，比盖伊·特立斯年长十岁的波普艺术之父理查德·汉密尔顿创作出了他的惊世之作《到底是什么使得今天的家庭如此不同，如此有魅力？》。这幅杰作几乎是对一个冷战阴影下生机勃勃的物质与消费时代的完美造像。人类从未面对如此丰富的物质世界，也从未如此为欲望和时尚所魅惑所驱驰。身处这个时代物质中心城市的盖伊·特立斯，自然懂得威廉·卡洛斯·威廉斯的名言"物质材料是诗歌的生命"的含义。他的文笔自然也充满时尚感，深谙时尚的魔力，亦不乏对时尚的揶揄。如他写到时尚杂志能够瞬间将一个面色苍白、身材瘦削的布鲁克林普通女孩，变成一个老于世故、难以判定年龄的女人。可谓是一代网红的前世今生。

今天，事实远比虚构更加丰富，人们阅读事实远比阅读虚构更有兴趣。这可能是非虚构大行其道的最主要原因。大街上每个行色匆匆的路人，都有各自的故事，但只有极少数人能写出自己和别人的故事。就像同为非虚构大师的乔恩·弗兰克林所说："故事就像雪花，看上去差不多，但是每一片都不一样。"

阅读盖伊·特立斯的过程中，笔者常常一方面感叹他无微不至的洞察力和栩栩如生的描摹再现能力，另一方面又为之感到某种可惜——他的每一章故事几乎都可以发展成一篇小说，这样写似乎有些浪费。这种浅尝辄止的写法，有点像他笔下的文身师，"他们对人的兴趣可能只有皮肤那么浅，但他们的作品却通常和人的生命一样长"。可是反过来一想，这个时代就是这样的，所以盖伊的文风与他笔下的时代和世界毫无违和。

非虚构的魅力在于细节的不可控性，丰富的细节无限生长。事实往往比虚构更有想象力，因为事实蕴藏着无数偶然和奇迹，而虚构却习惯于按部就班。事实就像盖伊·特立斯笔下私酒贩子科斯特洛驾驶的快艇，无意间偏离航线，闯进一次快艇竞赛——并且率先驶过终点，然后继续航行。这就是非虚构的魅力，非虚构的魅力其实来自这个不确定的世界的不确定性。从这点来看，盖伊·特立斯的非虚构，其实是一种更高级的虚构。

一个好的作家不仅仅是用来供人崇拜，还应该是可以学习的。读者在阅读盖伊·特立斯的过程中，未免好奇他是怎么写出来的。毕竟解决了世界观的问题以后，方法论显得尤为重要。网络上关于盖伊·特立斯的零星八卦，引起了我浓厚的兴趣。他是一个资料收集、整理狂魔，他为他的写作对象建立起一个个资料盒，像过去的学者做研究那样依靠卡片档案进行写作。他有一个地下掩体似的工作间，没有窗户，没有网络。他是第二代意大利移民，父亲是个裁缝，母亲则在裁缝店的另一端卖女装。他永远穿着父亲量身定制的衣服，家传是"卖相要好"。他永远衣冠楚楚，连从豪宅内下楼去掩体写作也要打领带，似乎是出于对他笔下的人物的尊重。哦，他就像一个故事里的人物！

《教父》的作者马里奥·普佐盛赞盖伊·特立斯是美国意大利裔作家中最优秀的非虚构作家，这评价里面既有英雄惜英雄之意，又有意大利老乡的情分。只有在写到自己的同族时，盖伊·特立斯才会变得不那么客观，变得柔软、温情。他笔下的意大利移民，不是来自达·芬奇家族和美第奇家族的意大利，而是来自到处都是山羊，饱受瘟疫、贫困折磨的让人无法忍受的西西里的意大利。这是一个沉默的大多数的世界，不足为外人道焉，唯有它养育的儿女才能写出其中的悲欢。

在我看来，《被仰望与被遗忘的》一书中最动人的篇章，莫过于为"美国黑社会所能造就的最神秘的人物"，在纽约的贫民窟长大的意大利裔黑帮老大科斯特洛所立的传记《弗兰克·科斯特洛的民族背景》。盖伊·特立斯笔下的科斯特洛"来到的新世界是一个罗宾汉式的人物早已过时的国度，是一个到处对新近到来的农民充满敌意的国度"。这是一个殇逝的英雄，"至死也不知道自己做错了什么"。盖伊·特立斯与科斯特洛一样，也是一个生活在过去的人。他的一丝不苟，他的如普鲁斯特般的追忆与再现现实的方式，都浸透着浓浓的怀旧氛围。正像他自己所说的那样，"作家的写作技艺在不断完善，但他的幻想却依然如故"。

《被仰望与被遗忘的》，[美]盖伊·特立斯著，范晓彬、姜伊敏译，上海人民出版社2017年3月出版

寻找布鲁诺·舒尔茨

一　他们

1976年11月的一天，菲利普·罗斯来到艾萨克·辛格在曼哈顿的寓所，向他打听一个人。"也许我不该说出来，"辛格有些犹豫，"他比卡夫卡棒，因为在他的一些故事中，表现出更高的水平。"

十几年后，同样在纽约，在另外一场谈话中，达尼洛·基什激动地告诉厄普代克："舒尔茨是我的上帝。"而后者同样也是舒尔茨的粉丝，他认为，"世界在舒尔茨的笔下完成了伟大的变形"。

就像黑暗中兴起的一支秘密教派，信徒的队伍在迂回中发展壮大：哈罗德·布鲁姆、库切、辛西娅·欧芝克、大卫·格罗斯曼、余华……粉丝阵营强大到令人咋舌。

据拉塞尔·布朗在《神话与源流》（1991）一书中爆料：当年，詹姆斯·乔伊斯为了读懂舒尔茨，曾经一度想学习波兰语。可是，波兰语哪是那么好学的？它是世界上公认的最复杂的语言之一。比如，它有五种性别结构，七种变格……

辛格对这个比自己整整大一轮的犹太老乡用波兰语写作多

有不满，因为那意味着被同化。他自己坚持用意第绪语——一种濒临消亡的古老的犹太语言写作。"他们不懂意第绪语，我们不懂波兰语"，辛格说。他强调自己"讲任何语言都带有口音"，菲利浦·罗斯则安慰他说："你讲意第绪语没有口音，因为我修过意第绪语。"

一个用汉语写作的中国人，不太容易理解这些意味着什么。这种民族、宗教、语言的超级复杂生态，会孕育出怎样一个斑驳的灵魂？面对舒尔茨不可思议的写作，中国作家余华给出了一种解释："犹太民族隐藏着某些难以言传的品质，只有他们自己可以去议论。"

在20世纪的世界文学史中，卡夫卡和普鲁斯特的地位有如神祇。今天当读者看到一个陌生的名字同两位神祇并排摆放在一起时，第一反应只能是：怎么可能？特别是，当这个人被认为"轻而易举地达到了普鲁斯特和卡夫卡未曾达到的深度"时，读者的反应已经不仅仅是怀疑，而是茫然和不知所以。然而在舒尔茨的粉丝们眼里，这有什么呢？

舒尔茨在艺术圈里的影响，丝毫不逊于文学圈。他迥异于常人的精神思维与绚烂奇崛的极致风格，向来深获先锋艺术家们的钟爱，取材于其作品的电影、舞剧、音乐剧屡见不鲜。甚至早在舒尔茨的小说中译本问世前两年，以色列现代舞团已经来中国演出了他们的经典舞剧《大买卖》。这部舞剧其实就取材于布鲁诺·舒尔茨的《肉桂色铺子》《鳄鱼街》《盛季之夜》等小说。

早在 1973 年，波兰大导演沃伊采克·哈斯就拍摄了超现实主义影片《用沙漏做招牌的疗养院》，并获得了当年的戛纳电影节评委会大奖。这部取自舒尔茨同名小说的电影，将舒尔茨很多小说里的内容及其本人的生平经历融为一体。

英国的奎氏兄弟后来受舒尔茨的启发，拍出了被誉为"史上最伟大的十部动画片"之一的《鳄鱼街》。奎氏兄弟发表了如下的"获奖感言"："当我们读着他（舒尔茨）的作品时，我们感到那就是我们希望自己的动画所能走的发展方向……舒尔茨释放了我们的想法，他是一位有震撼力的作家，我们甚至可以以余生不断地围绕着他的作品进行尝试和提炼，去理解他的精神宇宙。"

去年冬天的某个夜晚，我在欧盟影展活动开幕式上看到一部瑞典电影：《校园规则》。里面有个看上去落拓不羁的老师在给学生上生物课，为了便于学生理解他讲的内容，他比画着一些鸟类标本说："就像布鲁诺·舒尔茨的小说里写的那样……"

哈！我忍不住叫出声来，像黑暗中认出自己的同志。

二 布鲁诺·舒尔茨的奇观

这是一个几乎无法用语言复述的世界，一个此前从未有人展现过的奇观。

这里时空错落扭曲，幻象层出不穷，处处流淌着隐喻与梦魇，神秘、幽暗、怪诞、栩栩如生、富丽堂皇、骄奢靡逸、匪夷所思……这里是单纯与繁复的迷宫，诡异与天真的花园，梦想与神话的源泉，充满了数学的精准和音乐的律动，步步为营的诗意美不胜收，令人窒息。

舒尔茨笔下的世界根植于人类潜意识深处，根植于原始的尚未成型的宇宙，因此充满流动不居的无限可能——"每一页纸上都有生活在爆发"（大卫·格罗斯曼语）。同时，这个世界凝结了难以启齿的辛涩与羞耻，使卑微之物发出闪光，向着平庸、固化、死寂的现实和历史开战。这个世界可以感知，却无从捕捉。当它如巨大的星团朝我们豁然敞开时，我们感到由衷的眩晕、惊奇，却不知如何命名和处置。在伟大而缜密的美面前，读者不得不屏住呼吸，小心翼翼地挪动着脚步，宛如回到了懵懂而满怀憧憬的童年。是的，只有回到人类童年，才能深入这个魔镜与万花筒的世界。

人们习惯于把舒尔茨和卡夫卡相提并论，然而事实上，除了犹太人的身份，除了生辰星座（舒尔茨和卡夫卡同为巨蟹座），除了貌合神离的变形术，除了对待婚姻的态度（订婚又解约），两个人的写作并无多少相似之处，或者说他们只是表面相像。对此，传记作家杰西·费科斯基的评价颇为精到，他说："舒尔茨是一个本体收容所的建筑者，不可思议地使世界的味道变得强烈；卡夫卡是一种穴居动物，使世界的恐怖增殖……舒尔茨是神话的创造者和统治者，卡夫卡是专制世界的西西弗斯式的探索者。"与卡夫卡相比，舒尔茨像是来自更加偏僻、陌生的某个星球。我们现有的文学经验无法盛放下舒尔茨的写作，他旁逸斜出，自成一番天地。他甚至置叙述、结构、故事等小说的基本要素于不顾，单纯靠描述奇迹，成功地抵达了人们看不到的化外之境。

布鲁诺·舒尔茨让我想到最多的不是卡夫卡，而是费尔南多·佩索阿、埃舍尔、克里姆特，个别篇章还会让我想到克尔凯戈尔，甚至万比洛夫。当然，他跟哪个都不一样。至于他华美绚烂又极富生长力的语言，以及比喻和想象的丰富盛大、无微不至，笔者恐怕此前只在某些佛经和《古兰经》里似曾相识。

在认真阅读了布鲁诺·舒尔茨的全部小说至少五遍之后，我心悦诚服地接受了艾萨克·辛格的判断："不好把他归入哪个流派，他可以被称为超现实主义者，象征主义者，表现主义者，现代主义者……他有时候写得像卡夫卡，有时候像普鲁斯特，而且时常成功地达到他们没有达到过的深度。"我深信辛格的判断是基于文学本身，而不是仅仅出于同为犹太人的惺惺相惜。

我本想引几段舒尔茨的文字以资证明，最终还是决定放弃，因为我发现一旦引用将是没有尽头的。随便翻开他作品集的任何一页，那有如魔法的文字都会将你紧紧摄住，而深藏在文字背后的那个世界，却永远可望而不可即。或许只有它才配得上它的作者在小说《书》中描写的那部书："我直截了当地称它为书，不加任何修饰语或限定词，面对那个超验世界的恢宏，这种简洁里带有一丝微妙的无奈和默默的妥协，因为没有任何词语、没有任何暗示可以恰如其分地传达出那种令人恐惧的战栗，那种对一件叫不出名字、超出我们对奇迹把握能力的事物的不祥预感……"

三　德罗戈贝奇的大师

　　蒂希米耶尼卡河像一条波浪般的淡淡的金色缎带，弯弯曲曲地流过那些宽阔的水塘和沼泽地的迷宫，流过向南逐渐耸起的高地，起先河水平缓，然后流进越来越陡峭的山地，流进浑圆的山丘、棋盘似的丘陵地带。

　　——《鳄鱼街》

　　秋季是我们省漫长、盛产寄生虫和畸形事物的季节，又被称为"中国式夏季"，它一直延伸到绚丽的冬季的深处……打罗马尼亚来的暖风光临，形成一种宏大、黄色的单调氛围，那是一种南方的感觉。

　　——《再生之秋》

　　从 Google Earth 上看去，德罗戈贝奇（Drohobych）坐落于喀尔巴阡山与中欧平原交界的丘陵地带，四周被漆黑的森林环绕。在舒尔茨生前，这是一座只有 35000 人的小城，波兰人、犹太人、乌克兰人各占三分之一，而犹太人略多。在 1918 年波兰恢复独立之前，这里属于奥匈帝国的加利西亚地区。1939 年 9 月，德国纳粹入侵波兰，一周之内占领了德罗戈贝奇。两个星期后，苏联红军打跑了德军。1941 年 6 月，德军再次占领德罗戈贝奇。1944 年 8 月，苏联红军解放了德罗戈贝奇。1991 年苏联解体后，这个地方归属于乌克兰。

布鲁诺·舒尔茨一生居住在这个漂移不定的家乡小镇，如同寄居于一块浮冰之上。他虽然很少离开故乡，但在其短暂的一生中，故乡却先后归属于四个国家。在大地上没有固定的国土，只有生活在无边的时间和想象中。这就是犹太人的命运。

年轻的时候，布鲁诺·舒尔茨曾短期在维也纳和省城利沃夫学习过建筑，后来回到家乡在一所中学做美术和手工课教师。他的学生、战后成为指挥家的阿尔弗雷德·施赖尔回忆说，舒尔茨总是穿着一件法兰绒外套，脖子上围着围巾，走路的姿势像一只鸟。他喜欢在课堂上讲故事，在他的讲述中，一支铅笔，一个不显眼的水罐或者一个砖炉都有自己的历史以及与我们相似的生活方式，就像人类一样。

像很多天性敏感的作家一样，舒尔茨终生未婚，但与许多女性"保持着长期热烈的关系，通过信函过着大部分情色的生活"（菲利普·罗斯语）。有四个女人不能不提。他的写作最初始于与女诗人德博拉·福格尔（1938 年同其丈夫、儿子一起被纳粹杀害）的通信，福格尔鼓励他把那些信中的描述发展成小说。随后，舒尔茨的才华赢得了时任波兰笔会副主席的著名女作家索菲亚·纳尔克夫斯卡的青睐，她称舒尔茨为"我们文坛最轰动的发现"。两人之间充满罗曼蒂克的通信多达二百多封。索菲亚·纳尔克夫斯卡帮助舒尔茨出版了他的第一部短篇小说集《肉桂色铺子》（1934），后来又派人试图将舒尔茨救出集中营。

1935 年，舒尔茨同一所天主教学校的女教师约瑟菲娜·赛琳丝嘉订婚。约瑟菲娜以舒尔茨的名义，将卡夫卡的《审判》翻译成了波兰文。两年后，跟克尔凯戈尔、卡夫卡曾经做过的选择一样，舒尔茨也同自己的未婚妻取消了婚约。主要原因是，舒尔茨无法改信天主教。同一年，舒尔茨的第二部也是生前出版的最后一部小说集《用沙漏做招牌的疗养院》问世。1938 年，他获得了波兰文学界重要的"金桂冠"奖。一时间，他和贡布罗维奇、维特凯维奇并称为波兰先锋艺术的"三驾马车"。

舒尔茨不仅仅是一位作家，还是一位卓越的画家，他的绘画生涯远远先于写作。早在 1914 年，他在维尔纽斯、华沙等地就举办过画展，还自费印行过一本名为《偶像之书》的画册。那是一些充满虐恋意味的作品，弥漫着情色气息，一个酷肖画家本人的男子跪吻裸体女王的双脚的形象屡屡隐现其中。他对别人谎称说这些画是莫索克的小说《穿皮衣的维纳斯》的插图，后来他还为自己的小说集《用沙漏做招牌的疗养院》画了很多同样风格的插图。恋物与虐恋，以及回归童年的冲动，构成了贯穿舒尔茨一生的激情。

在生命中的最后一段时光，舒尔茨臣服于青年女画家、记者安娜·普沃茨凯尔的裙下，他称她为"妖精"，他们的通信中充满赤裸裸的情色诱惑。就在舒尔茨去世的同一个月，安娜被盖世太保杀害于德罗戈贝奇的邻镇。

在1939年苏军占领德罗戈贝奇期间，舒尔茨曾靠画斯大林的巨幅画像维持生计。当德军第二次占领家乡的1941年6月，他又把自己的一些绘画作品交给了盖世太保所设的犹太委员会，试图借以谋求一份工作。盖世太保军官费利克斯·朗多由此对他产生了兴趣。朗多让舒尔茨来给自家的儿童房画壁画，提供给舒尔茨食物和生活用品作为报酬。谁也不会想到，他的庇护却直接导致了舒尔茨近于荒谬的死亡。

朗多曾经杀死过和他作对的盖世太保军官卡尔·贡特尔护翼下的一名犹太牙医。作为报复，1942年11月19日中午，贡特尔在一个街角截住手里拿着一个面包的舒尔茨，对着他的头连发两枪。他在大街上躺了一天，后来被埋进了乱坟岗。最终，连尸首也无从辨认。如果视舒尔茨的一生是一出阴郁幽沉的戏剧，他的死无疑是黑暗、暴力的高潮。

布鲁诺·舒尔茨黑暗的一生，常使人想起保罗·策兰的名诗《死亡赋格曲》。同为备受煎熬的犹太人，舒尔茨的笔下，却几乎看不到任何受害者的形象，没有血和泪，没有控诉，没有痛苦和呻吟，甚至连基本的对其身处的历史环境的描述都没有。显然，舒尔茨不是一个直接书写苦难的人，他无意于此。他的笔下埋藏着深深的幽默和诗意，如宽广隐秘的河流，将他的写作同现实隔开，也在他和文学史上的绝大多数作家之间划出天壤之别。

四　驼背小人与"纳迪恩加"

布鲁诺·舒尔茨去世前两年——1940 年夏天，法国沦陷，瓦尔特·本雅明南逃至西班牙边境小镇博港。9 月 27 日，他和另外几名法国难民一起被西班牙军队以非法越境罪抓捕。28 日早上，与他同时被囚禁的其他人都获准离境去了美国，本雅明却永远地留了下来。就在前一天晚上，他服用过量吗啡自杀。

"人类有两大主罪，所有其他罪恶均从中引出，那就是：缺乏耐心和漫不经心。由于缺乏耐心，他们被驱逐出天堂；由于漫不经心，他们无法回去。"卡夫卡的这句话有如谶语，高悬在他自己以及本雅明、舒尔茨三个巨蟹座诗人的命运之上。由于缺乏耐心，极易陷入悲观、疲惫、沮丧；由于漫不经心，常将自己视为他者，由此产生戏剧的间离效果。自杀，很多时候并非深思熟虑的结果，而是即兴之作，是一时涌起赴死的激情欲罢不能。

比本雅明的死更为荒诞的是，舒尔茨死于被营救的当天。

当朗多截住他的时候，他很可能把对方当成了营救者。这是充满戏剧化的死亡，一支黑色谐谑曲，一杯混合着鲜血的苦咖啡。

本雅明生前对一首德国民谣《驼背小人》念念不忘——"我想走下地窖，开桶去把酒倒；那儿站着一个驼背小人，它把我的酒罐抢跑。我想走进厨房，给自己做一小碗汤；那儿站着一个小矮人，他把我的小锅打碎。我走进小屋，想吃麦片糊糊；那里站着一个驼背小人，已经吃了我的半碗糊糊。"这个"驼背小人"，如影随形地跟了本雅明一辈子。本雅明曾这样评论波德莱尔："现实的景深每天都在测量他失败的深度。"这句话也可以看作是他的自况。

布鲁诺·舒尔茨生性害羞，从小体弱多病，被人称为"纳迪恩加"，意思是"倒霉蛋"。这是他的"驼背小人"。尽管他六岁时就画出成熟得令人吃惊的画，但笨拙和孤僻使他无从立身。布鲁诺·舒尔茨和本雅明都属于不可归类的天才，他们同样复杂、深刻、格格不入，同样敏感、忧郁、自怜，同样一生平淡无奇，死得惊世骇俗。"熟悉各种命运的人，有一种命运熟悉他。"（西川语）

"父亲曾经说，他有个兄弟很没出息，因为连养活自己和家人都很困难。"舒尔茨的侄子雅各布·舒尔茨在一篇文章里回忆自己的叔父说，"叔叔的气质极为复杂，曾努力想保持自我的平静，然而做得不是很成功。面对外部世界时他很胆怯，生理和心理的纷扰都让他害怕。我童年时代对他的记忆所剩无几。他对割划和伤痕之类的事情极其恐惧。"

一个秋末的中午，苍蝇们精疲力竭地从窗玻璃上跌落下来。站在窗台边的小舒尔茨拿糖块凑到苍蝇们的嘴边。

"你在干什么？"妈妈问。

"我在帮他们过冬。"

…… ……

五 生出自己的父亲

> 父亲啊，由于人欲的迷误和卑贱，为恺撒的凯旋或诗人的凯旋往那里攀折月桂枝的人并不多见，因此培尼阿斯的树叶在激起追求它的欲望时，应使快活的特尔斐神欢喜……
>
> ——但丁《神曲·天堂篇》

在人类的各种伦理关系中，父子关系是最富有张力的一种。思想往往就产生于父亲缺失的背景下或者紧张的父子斗争中。丧父，时常成为思想的先机。鲁迅是这样，加缪也是这样，卡夫卡和克尔凯戈尔则一生都在为了摆脱父亲的阴影而写作。面对罪孽深重的父亲，克尔凯戈尔隐晦而曲折地写道："不劳动者不得食，勤劳的人可以生出自己的父亲。"

卡夫卡的父亲，一个坚硬的专制的象征。相比之下，舒尔茨的父亲与克尔凯戈尔的父亲更为相似。两人同样好色、淫荡，区别在于克尔凯戈尔的父亲有着强烈的罪感，并最终献身上帝，而舒尔茨的父亲更像是一个肆无忌惮的玄学家，一位"异教徒导师""催眠师"。他忙于孵化鸟类，研究、重组人（爱德华叔叔）的本质，沉浸在各种荒唐而深邃的实验里不能自拔，雄心勃勃地扮演造物主的角色。家里的女仆阿德拉，则扮演着世俗家长兼虐恋女王，总是粗暴地粉碎父亲的各种梦想，一次次将他打回到"一个丢了王位和王土后惨遭放逐的国王"，直至死无葬身之地。

父亲经营着一家兼卖布匹和杂货的商店，它成为舒尔茨日后笔下海市蜃楼出没的舞台，一座色彩缤纷的"迦南风格的沟壑和峡谷"。一天晚上，父亲无意中撞见两个上门做活的年轻漂亮的女裁缝，一发而不可收，他先是慨叹"你们女孩子选择的生命形式真是太赏心悦目了，你们的生命揭示出来的这个真理是多么美丽和朴素"，继而发表了名为"第二创世书"的长篇阔论："我们在造物主令人不寒而栗的无与伦比的完美无瑕中生活得太久了，正因为浸染得太久，他创造设计上的完美无瑕反而窒息了我们自己的创造本能。我们无意与他并驾齐驱……我们只想做一个属于自己的、更低世界中的创造者……"

在舒尔茨的笔下，父亲在"所到之处让一切事物都染上自己危险的魅力"，"只要和这个离奇男子一接触，任何事物都会从所谓存在的根基上被彻底颠覆"。父亲是一个"孤独的英雄"，

"试图反击正在扼杀这个城市的无际的、本质的乏味，在孤立无援中捍卫着正在失落的诗意理想"。父亲那乖张无比的创造力，令人惊悚不安，却无法摆脱其魔力。

每一个古老的民族，都有着不足为外人所道的精神密码。熟悉犹太经典的舒尔茨，在作品中借用了一种塔木德式的结构，这使他的风格更倾向于布道家，而不是讲故事的人。他继承了父亲创世的热情，甚至常常置叙述于不顾，大段大段地阐述宇宙、星空的复杂变化和运行原理。同时，也继承了父亲对女性的膜拜和恐惧。

在舒尔茨关于父亲的叙述中，星星点点散落着催人泪下的温情。年幼的他喜欢站在父亲两腿之间，"抱紧它们像抱紧石柱"，看父亲写信，和父亲散步，被父亲夹在胳膊下面行走，受父亲支使回家取东西……这些平淡无奇的生活细节都变成充满诗意的回忆。

1915年6月，69岁的雅各布去世了，抚养家人的责任落到了舒尔茨的身上，这其中还包括他寡居的姐姐及她的两个孩子。父亲的死，给舒尔茨留下了难以弥合的伤痛。在小说《用沙漏做招牌的疗养院》中，他将身患重病的父亲送往一座用沙漏做招牌的疗养院，依靠将时间拨回去维持生命。"你父亲的死亡，在家乡已经击倒他的死亡，在这里还没有发生呢。"舒尔茨的爱使父亲得以永生。

在舒尔茨的小说里，父亲一次又一次地变形，变成鸟、蟑螂、螃蟹，最终消失得干干净净。"他遥远得仿佛已经不是人类，不再真实。他一节一节地、自觉地从我们当中脱身而去，一点一点地摆脱了与人类集体联系的纽带"，"父亲既然从来没在任何一个女人心里扎下根来，他就不可能同任何现实打成一片"。在不断消失的"父亲"身上，隐含着犹太人在现世中无法安身的处境。也正是基于此，我对他那部谜一般的《弥赛亚》充满近乎恐惧的好奇，通过书名我猜测并期待里面有着历史和神话、现实与预言的完美汇合。

就这样，当卡夫卡挣扎于父亲的绝对威权之下时，舒尔茨创造出了世界文学中最柔软最有活力也最迷人的一个父亲。这是只属于他一个人的父亲，没有谁敢分享。

六 死亡变形记

在被迫搬入犹太隔离区之前，布鲁诺·舒尔茨曾将自己未完成的长篇小说《弥赛亚》的手稿以及数以百计的画作，托付给外面的一些朋友代为保存。他们中最著名的莫过于曾获诺贝尔文学奖的德国作家托马斯·曼。然而这些作品从此如石沉大海，再也没有露面。

舒尔茨死后不久，一个名叫杰西·费科斯基的波兰文学青年读到了他的作品，大为震惊。此后，他以发疯般的热情来研究和介绍布鲁诺的作品，成为一名"舒尔茨编年史家和考古学家"。半个世纪以来，费科斯基孜孜不倦地寻找挖掘有关舒尔茨的资料，特别是《弥赛亚》的下落。他追踪每一个在舒尔茨生活中可能出现过的人，不放弃任何细微的线索，但最终只收集到舒尔茨的大约一百封书信，而《弥赛亚》依然只是一个传说。

2002年《纽约客》上的一篇文章描述了这个"文学侦探"所遇见的"间谍小说"般的情节：1987年，一个名叫亚历克·舒尔茨的人，自称是作家的堂弟，联系费科斯基说，一名来自利沃夫的男子，可能是一名外交官或克格勃军官，曾经表示愿意卖给他一包重两公斤的舒尔茨的手稿和画作。费科斯基马上同意去确认资料的真伪，然而几个月后，亚历克·舒尔茨死于脑溢血，没有告诉费科斯基如何联系那个在利沃夫的神秘男子。几年后，费科斯基偶然遇到瑞典驻华沙大使，这位大使告诉他，一个"满满的包裹"被藏在克格勃的档案里，里面装着舒尔茨的手稿，《弥赛亚》就放在最上面"。大使是从一个偶然见到那个包裹的"俄国人"那里听说这个情况的，它放在一个不知名的波兰人资料里，那大概就是舒尔茨托付作品的其中一个人。他让费科斯基陪他到乌克兰去寻找它，但乌克兰当局两次拒绝了这位大使的入境申请，他也在寻找能够完成前去世了。

更多人也加入到侦探的行列中。1987年，辛西娅·欧芝克在《斯德哥尔摩的弥撒》中描写了一个大屠杀遗留的孤儿，因狂爱舒尔茨，固执地认为自己是舒尔茨的儿子，过着极其荒诞的生活。而以色列作家格罗斯曼在长篇小说《证之于：爱》里直接让舒尔茨躲过了大屠杀，成为一种"类人鱼"，在大海里纵情环游。

只有一次，舒尔茨真的露出了他神秘的微笑。2001年，一个来自以色列的摄制组在德罗戈贝奇无意间发现了舒尔茨为朗多画的儿童房壁画，乌克兰政府当即宣布其为国宝。没想到，那几名以色列人将数片壁画残片偷偷带了出去，存放在了以色列大屠杀纪念馆。其中的一幅名为"魔鬼"。于是，由此引发了波兰、乌克兰、以色列等国家之间的一场纠纷。

就像他笔下层出不穷的变形与消失的人和物一样，布鲁诺·舒尔茨用自己的生命上演了一出关于消失、变形和死亡的黑暗魔术。落地的种子不死，凭借永不枯竭的诗意，他已成为死灰复燃的神话和寓言。

七　弥赛亚（虚构的诗篇）

我来到德罗戈贝奇完全是受索菲亚之托。这句话使我醋意丛生。不是嫉妒布鲁诺·舒尔茨那可耻的才华而是因为我一直深爱着索菲亚。传说她也是布鲁诺·舒尔茨的情人，可是当我问起她这个问题，她总是矢口否认。

谁都知道，这些年来，她一直在不遗余力地帮助他。如果没有她，他什么也不是。哦，这足以燃烧我的嫉妒！

为了一个和我毫不相干的人，叫我千里迢迢冒这么大的风险，亏你想得出来。

不要激动，听我说——为了他，也为了大家。何况，这次行动只有你最合适。

我不作声了，因为我是他们中唯一的德国人。我是祖国的叛徒，你的俘虏。

回来，她又叫住我：如果不能把他救出去，你也不要再见我。我们谁都难免一死。

这句话像子弹一样击中我。好吧，可是我说。

虽然时令已是深秋，大地上依然到处生长着旺盛的植物，它们出于某种惯性恣意蔓延，发泄着多余的情欲。雨水刚刚散去，雾气中弥漫着尸体的腐败和纵欲的气息。从但泽到波兹南，到华沙、卢布林……一路下来，莫不如此。河流犹如经血，漫过一座座荒芜的村庄。这是一片被上帝诅咒过的土地，命该遭此蹂躏。我不同情什么犹太人，也不同情波兰人，我连所有的人类都不同情，屠杀难道不是加速生命进化的一种最佳方式？索菲亚，今夜我在德罗戈贝奇。今夜，我不关心人类，我只想你。

从华沙开往利沃夫的列车。我从没见过如此陈旧过时的包厢，在那些荒凉的车站，没有一个乘车的旅客。听不到鸣号，听不到呻吟，火车再次缓缓启动，好像在深思中走神了。有一个声音总在耳边告诫我：这时候旅行可不是好事。

我身上揣有一份伪造的雅利安人的证明，像一卷羊皮纸的伪经。上面贴着他的照片，那张不受欢迎的三角脸，让我想起我们唯一的一次见面。那大约是1926年圣诞节，我作为华沙大学的外国留学生，被邀请到贡布罗维奇家里做客。维特凯维奇把他带到我身边，留心这小子，多棒啊！他说。那天舒尔茨喝多了，把两个手指放在自己的眼睛上，扮演他本来就是的小丑。贡布罗维奇兴奋地把衬衣缠在头上。他们是三个疯子，三匹害群之马。没过几年，斯大林来了。战争爆发的第二天，维特凯维奇躲在卢布林的某个村子里偷偷摸摸地自杀了。恐惧和厌恶吞噬了他。我知道舒尔茨更是一个胆小鬼，真遗憾为什么死的不是他。

索菲亚·纳尔克夫斯卡告诉我，舒尔茨在写一部名为《弥赛亚》的长篇小说。内容似乎是说弥赛亚来到了集中营。她暗示我，也许他也曾这样暗示她——这是一部圣经似的作品，"第二创世书"。上帝，听听！我不由地笑出声来。且不说题目透露出的骄矜与狂妄，单以他那患了橡皮病的语言而论，也根本不可能完成这样一个任务。他的语言总是像病菌一样迅速自我繁殖，轻而易举地溢出最初的设计。耐着性子看完《肉桂色铺子》后，我曾经问他到底想表达什么，他摇摇头回答：我也不知道。伙计，你什么时候能拿出一个像样的故事？我不依不饶。他的脸色变得难看起来，他的心里一定积聚起了鹦鹉般的恶毒的咒语，但却不敢回应。他是个孱头、笨蛋、偏执狂、神经病，装神弄鬼。可索菲亚说，那就是他的世界。他从不关心正在发生的一切，他沉浸在那个淫邪的世界里不能自拔，那就是所谓的他的世界，异教徒的王国？！见鬼去吧！

将要抵达德罗戈贝奇时，远远映入眼帘的是圣尤拉教堂的三座高高的尖顶。那是这座小城的标志。很多旅行者都是冲着这里去的，因此下车后放下简单的行李，我就忙着去瞻仰。我要真像一个旅行者那样珍惜这次行程，毕竟这个鬼地方我一辈子也不想再来。我看到一群酷似乌鸦的鸟正围着教堂的尖顶盘旋。这是一些怪模怪样的鸟类，残缺、畸形，像一些杂乱无章的拼凑物，似乎是从他的书里飞出来的。此刻的天空仿佛是古老壁画中的天空，充满了各种怪物和稀奇的野兽，它们用各种令人眼花缭乱的手法兜圈、穿梭，躲避着彼此。我久久地注视着这些古老诡异的生灵，它们深深地把我吸引，以至于有一刻我丝毫记不起自己此行的目的，似乎是专为看这场演出。后来，我才意识到，从踏上德罗戈贝奇的那一刻起，命运就把我拖入了另外一个时空，一个平行的异教徒的世界。

我住在离车站不远处的小旅店。店主是一个六十多岁的老头，长着一张似乎不断变化的脸。我说不好他是胖还是瘦，他的声音时而苍老虚弱，时而富有活力，仿佛刚刚被注射了强心剂，吓我一大跳。我开始怀疑，他就是舒尔茨的父亲雅各布。

这是一座疗养院改造成的旅馆，门口镶嵌着一个残破的沙漏标志。我住进去后发现，这里面的房间似乎在不停地增多，推开一扇门，总有一条通道将你引向另一个新的房间。这里白天几乎看不见客人，半夜里却听见无数扇门此起彼伏地开阖，还有响彻云霄的大声喧哗，仿佛这里住了足有一整座地狱的居民。我悄悄地打开一条门缝，看见油灯、水桶、扫把、铁锅、陶罐等等汇聚成乌合之众的长龙，涌向某个空旷的大厅，去参加一场盛大的晚会。这个场景，我在他的书里已经见过，因此还不至于被吓住。

这里的时间总是比别处慢，我的怀表也似乎受到某个磁场的吸引，总是悄悄地向后回拨，像是对未来怀着某种胆怯。时光的流逝并不均匀，仿佛在推移的几个小时里打了好多小结，然后又在某个地方吞掉几段空闲。于是，我便永远地停留在了某个无法确定的时间，有时还要更滞后。我想这样也好，我潜意识里想着要推迟事情的来临。

晚饭（姑且这样说吧）后，我参观了塞姆波斯卡街，舒尔茨所谓的鳄鱼街，我看不出有什么蹊跷。有人说，他把家乡重新想象成一个比实际的家乡更可怕、更美妙的地方。说得很对。我看见一些参差不齐的商铺，肉桂色铺子，如鳄鱼的牙齿交错排列，相互倾轧着；还有他位于市场旁边二楼公寓的旧居，那被他夸张成怪诞神话的杂货商店。听说自从雅各布去世以后，就日见凋敝。母亲亨丽埃塔去世后，更是只剩他独自一人，如今又被赶出来了。那是一座普普通通的房子，简直不值得描述。事实上，这座房子早在多年前就已毁于战火，我看到的只是旧时光阴里留存的剪影。哎，怎么向别人解释呢，这个独立于世界之外的世界。我先前不相信它的存在，现在却不得不相信。我甚至遇到了阿德拉，那个大胸脯的女权主义的仆人，雅各布的死敌。如今她是一个站街的妓女。长官，她拉着我的衣服说，让我给你演一出鳄鱼街上的春梦！此刻，色情氛围已经相当浓郁。仿佛一股男性味道，一丝烟草味，或者一个单身汉粗俗的玩笑，都会催燃这种炽热的女人气，诱惑它诞生出一个淫荡的处女。她像个巨型的俄罗斯套娃那样肥大、绚烂，我丝毫不怀疑她身体里藏着一个庞大的剧团。这里的一切都不同于外面的世界，冥冥当中似乎充满变数……临睡前，我在写给索菲亚的信中这样说。

在市立图书馆的外墙上，我看到了舒尔茨画的壁画，粗俗、直白，用的颜色几乎恬不知耻，看上去像半个戈雅。他模仿的似乎是某些发育不全的梦魇，他有一种特殊本领，可以把任何严肃的主题都画得那么色情。苏联人来的时候，他在那里画巨幅的斯大林像，一群乌鸦扑上来把画像抹了个一塌糊涂。他因此挨了一通臭骂，画笔也被折断。现在他又给盖世太保画壁画，以换取可怜的食物。他迎合又拒绝，猥琐又滑稽。索菲亚，你们到底爱他什么？

失败啊，败笔比比皆是，我心里升腾起一阵幸灾乐祸的快感。

明天中午，我将换上德国士官的衣服，在他每天下班必经的路上截住他，掏出手枪假装逮捕他。我真想把他一枪打死，可是我知道我最终还是会将他完好无损地带到你身边。我将带他翻越喀尔巴阡山，那里有我们的同志接应。我所在的是众多地下抵抗组织中的一支，从加入的那天起，我就在心里抵抗着成为烈士的命运。我只是想借此赢得你的爱情。我想起小时候听过的一首家乡的民歌：我出游，不知游何处；我将死，不知死何时；我活着，我多么快乐……我在又困又累中渐渐睡着了，蛀虫在床里面啃着木头，咔嗒咔嗒，像上足发条的表。一种湿漉漉的毛骨悚然的感觉油然而生，仿佛房间里钻出了许多侧听的耳朵。这一定是那个人在嘀咕我，他知道我来了。

那一夜，我像是睡在一个灌满墨汁的水族馆底层，或者，一只巨大的动物的腹腔里。有一阵儿我确信自己已经死了，死是一点一点地、一点一点地褪去生命的衣服。不知过了多久，一些枪声和奔跑声、呼喊声把我惊醒。我猛地从床上坐起，冲到门口，拉开门，我看见一条红色的绸带哭喊着不顾一切地迎面奔来，我下意识将门一关，那红绸像被夹疼的狗尾巴一样嗷嗷地叫了起来，无数碎片从脚下的门缝里挤进来。我以为自己还在做梦，可是从后窗望出去，正好可以看到集市广场，那里横七竖八地躺着一些人。教堂附近那片茂密的山毛榉竖起条条手臂站在那里，仿佛是这些恐怖景象的见证者，一声接一声地凄厉地尖叫着。我明白了怎么回事，屠杀，无时不在的小节目。我想那个人大概已经死在了其中。这让我顿时感到无比的轻松。

挨到了中午（也许是晚上），我还是决定出去看看。索菲亚已经通过某种隐秘的方式告诉他，今天，会有一个人营救他。但没有说是我，她是不知道我们彼此认识，还是出于某种心理的障碍？街道上阒寂无人，只有一些影子在惊慌失措地游走，那是些刚刚死去主人的影子。我小心翼翼地迈动着脚步，以免踩到它们，我可不想听它们那种下流的尖叫。拐过斯特伊斯加大街，呵，我一抬眼就望见了他——他穿着半个世纪没洗的油漆匠大衣，走起路来扎着双臂，缩着脖子，活像一只鹳鸟，大衣口袋里露出一截长条面包，丑陋得像老男人的阴茎。看样子，是刚从东家那里回来。他边走边左顾右盼。他一定是在找我，我就是他的救世主。我跟在他后面大约两百米的位置，小心翼翼地不叫他发觉。按照计划我应该在前面药剂师诊所旁的小巷里追上去，用枪顶住他的头——站住，你被捕了，先生。可是，我已经放弃了他，我甚至把枪故意遗忘在了旅馆的某个房间里。对不起，倒霉蛋先生。

突然，一个声音在我耳边响起：站住，给我站住！我浑身一哆嗦，下意识地转过身，才发现那声音不是冲我来的。一个穿着和我一样衣服的家伙，像从镜子里扑出来的一条大狗。舒尔茨的身子一动，但他并没有停下。那人追上去，把枪抵在了舒尔茨的太阳穴上。我闪身藏在一家店铺的拱门后面，透过拱门与一棵山毛榉树之间的缝隙紧张地窥视着。我的心几乎跳到了地上。这时舒尔茨也回过头来，脸上露出一丝诡异的微笑。我想他已经看见我了。就在一瞬间，枪响了。砰，我的心一抖，情不自禁地闭上了眼睛。砰，又是一枪。等我再次睁开眼睛，发现那人已经不在了，只有舒尔茨蜷缩在地上，四肢还在抽动，像一只提线木偶。广场上的一些鸽子纷纷围拢过来，咕咕叫着，去啄食他手里的面包。他的手还在动，一点一点地搓着面包屑喂那些鸽子。

　　就在我拿不定主意要不要撤退时，一个身穿米色风衣的身材高大的中年人从广场对面急匆匆地赶了过来，身后跟着那个持枪的凶手。他们在舒尔茨的尸体前站住，这时，舒尔茨的四肢已经停止了抽动，但一只手还抓着那只面包。穿风衣的男人回头看了看凶手，指着地上的死者，气急败坏地质问：你为什么这样做？

　　凶手枪还拿在手里，他轻描淡写地嘿嘿一笑：你杀了我的犹太人，我也杀你的！

　　浑蛋！朗多飞起一脚，踢飞了一只鸽子。

天蒙蒙亮的时候，我正穿越德罗戈贝奇郊区的密林。我发誓再也不会回来。我的行李遗忘在那座旅馆，里面包括伪造的雅利安人证明，还有我的护照。出于对那个世界的留恋，我似乎故意想留下什么蛛丝马迹，或者是觉着那些都已没有用处。月亮就要隐退，像一面磨去水银的镜子，渐渐趋于透明。我忽然发现自己迷路了。几只乌黑的枪口从灌木中升起，带着湿淋淋的露水。我意识到自己再也走不出德罗戈贝奇了。

他们注意我已经很久，从我趁着夜色背走舒尔茨的尸体起，就一直尾随着我。他时轻时重，如同虚构。有一刻，我感觉他潜入了我的身体，我背着的似乎就是我自己。我埋下他，也如埋下了自己。我也没有想到，你赋予我的使命，居然是这样完成的。谁都难免一死，你说得对，撒旦可以轻而易举地使我们放弃上帝。

他们问我从哪里来，受什么人指使。我没有出卖你，我说我从我来的地方来。到哪里去？到我去的地方去。他们发怒了：你到底是谁，快说！

一种厌倦，也许还有苦涩充满了我的胸腔。我是弥赛亚。我微笑着回答。

像人们后来知道的那样，我被以投敌罪关进了监狱，等待我的将是漫长的死亡。那一夜，我梦见了弥赛亚——在这样的日子里，弥赛亚走到地平线的边缘，俯视着大地上的一切……他在浑然不觉中已经降临大地。沉思默想中的大地甚至都没有觉察到他来了，但他的确已经来到大地的道路上。人们从午休的瞌睡中醒过来，什么也不曾记得。这件事会被全部抹除，一切都像几个世纪以来那样，像历史开端前那样。

2010 年 7 月 2 日

第二辑

未完成的天才

对于大陆读者来说，王尚义绝对是一个陌生的名字，但在台湾却曾经是一代文青的偶像。龙应台在回忆自己高中生活时述及："常和同学谈方旗和余光中的现代诗，林怀民的小说、新潮文库的翻译书……我们读罗素、卡夫卡、王尚义。"（《啊，上海男人》）三毛也说："在我的时代里，我被王尚义的《狂流》感动过。"（《雨季不再来》）而《野鸽子的黄昏》则被人称为台版的《麦田里的守望者》，20世纪80年代，即被秦汉和张艾嘉演绎为同名电影。但即使在台湾，市面上也已久不见王尚义的书，以至于蔡康永在《康熙来了》节目里调侃陈汉典的新书叫《野鸽子的黄昏》，"好像已经卖断了，绝版了"。最近，资深出版人吴兴文先生主编"海豚启蒙丛书"，将王尚义的《从异乡人到失落的一代》收入其中，使得这个久违的名字再次浮出水面，也钩沉起一个逝去的时代。

王尚义1936年出生，到1963年生日之前因病去世，只活了不足27岁。借用古罗马哲人西塞罗的比喻，一个青年人的死犹如"烈火被巨浪扑灭"。青年的死之所以触目惊心，因为生命的果实不是瓜熟蒂落的自然过程，而是被暴夺。一个年轻的死者更容易被人铭记，因为在他身上至少铭记了同代人的青春。当世事如烟，沧海桑田，活着的人远隔万水千山，回首望去，那人依然伫立在原处，如永恒的青春见证，思之怎能不为之动容？就像同样死于贫病交加的早逝作家缪崇群所叹惋的："青春时代的一切，不管是欢愉还是苦闷，那都是生命中的一种绝响，不再重复也不能重复了。"（《叶笛》）别尔嘉耶夫创造了"小死"这个词，按他的意思，一次失恋、一个再也见不到的同事、一个再也回不去的故乡，都是我们生命的一部分在死去。我们每天都在经历这样的小死，每天死去一点点。唯有死去的人不会再死，他已完美无损。

可是，天才之间的竞赛仿佛不仅要比谁写得更好，还要比谁死得更早，比谁"将成为众尸之中最年轻的一个"（戈麦《金缕玉衣》）。以20多岁年龄投入死亡怀抱的诗人、艺术家，我们可以列出一条长长的名单。他们是26岁的济慈、24岁的毕希纳、27岁的莱蒙托夫、28岁的埃贡·席勒、26岁的李贺、29岁的朱湘和柔石、25岁的海子、28岁的骆一禾、24岁的戈麦、27岁的王尚义、24岁的杨唤、26岁的邱妙津……这一连串年轻的死者，夭折的天使，如同一颗颗彗星划过人类文明的天空，给大地留下久久的震颤——"大地呵，你的儿子已经骨肉双寒／死亡并不是他的领地／愿他此去英武／愿他在这条大道上一路平安！"（骆一禾墓志铭）

"星星在发光，我们在死亡。"(《狂流》)死亡孕育着永生，一如它加速了爱情和诗。短命天才海子在诗歌中写道："我有三次受难：流浪、爱情、生存/我有三次幸福：诗歌、王位、太阳。"这受难同样属于王尚义，但他却很难讲能够享受到后者身后的荣光。王尚义出生于卢沟桥事变前夕的河南杞县，在战火与饥荒中度过自己的童年，15岁随父母辗转到台湾。他自觉自己的生命和苦难是不可分的，"因此，当我拿起笔来，要写自己，要写这个时代的时候，我不能无视于这一代青年的苦难"(《狂流》)。18岁考入台湾大学医学院，但他对医学毫无兴趣。"当同学们挤在尸体前，专注地追查着血管、神经、肝和心脏的位置。只有他，手里拿着解剖刀，痴痴地站在一旁，像一尊化石，一块寒冰，一个入定的老僧……他握起骷髅的手，柔和地抚摸着，又亲切地望着骷髅的面孔，他凝立在那里，似乎和骷髅谈着什么知心的话。"(《孤星》)好不容易等到毕业，却因为庸医误诊，被久治不愈的肝病夺去生命，死在自己学校的医院里。多么悲凉而荒诞的死亡！王尚义曾在《现代文学与现代人》一文中写道："让我们做一个临床的牺牲者，背负起承受时代，认识时代，开拓时代的伟大责任吧。"可谓一语成谶。

王尚义在他短暂的一生中留下了80万字的文字，其中包括长篇小说《狂流》，短篇小说《野鸽子的黄昏》等，这些作品在其去世五年后才得以陆续出版。李敖曾批评王尚义："多其不应多之愁，感其不必感之感。"李敖是王尚义的大学同学，王尚义的妹妹王尚勤后来做了李敖的女朋友，即李敖长女李文的母亲。王尚义去世以后，李敖帮助出版了《狂流》。李敖的评价虽嫌刻薄，但也属率真之言。王尚义的小说、散文作品多抒发忧世伤身之感，充满文艺腔，未能完全脱离学生气的矫情与自恋，而叙述过于随意，缺乏控制，可以说多为不成熟之作，但即使如此，尤能以真诚动人。如《狂流》倾诉对生命、爱情、人生的炽烈探询，中间充斥着大段大段充满哲学思辨意味的对白，让人不禁想起大陆20世纪80年代的一部曾经轰动一时的小说《晚霞消失的时候》。60年代的台湾与80年代的北京同样交织着苦闷与希望，一代人的青春、激情、苦难和血泪，统统燃烧在其中。

身体的漂泊对应的是精神的漫游，而比身体的饥饿更难满足的则是灵魂的饥渴。王尚义自陈受到两个人的影响最深："一个是叔本华，他曾把我的生的意志根本断丧。一个是屠格涅夫，他曾把我对爱情的向往完全打破。"（《现实的边缘》）他对精神生活的渴望近乎贪婪，像一个疯狂的求索者苦苦遍寻解脱之道，却始终不得其门而入，感伤和迷惘常溢于言表："远的日子近了，近的日子远了，生命回旋如〇……"（《狂流》）"我迷恋终极，迷恋一切借以启示永恒的东西，我曾经穿着神爱世人的背心在街头击鼓唱歌，我曾经在深山的庙里念佛打坐，叔本华、康德、尼采，令人心碎的存在主义，都曾经剥夺过我一部分的生命，但我得到了什么？……我从零来又回到零去，我心里日日抗争不得安息。"(《野鸽子的黄昏》)有意思的是，我在星云法师谈自己早年在台北举办大专青年学佛营的文字中居然也读到了王尚义的名字，"吴怡教授、张尚德教授，及以写《野鸽子的黄昏》而闻名的王尚义先生，就在这时和佛教结上因缘"(《往事百语》)。

与小说相比，王尚义的评论思维缜密而扎实，且干净利落，毫不拖泥带水。这似乎受益于医学的理性训练。他对文学现象与时代精神的把握和剖析，表现得犹如一位训练有素、游刃有余的医生。比如，他将现代文学的特质概括为价值、时间、空间的三重割离；他将现代人划分为狂暴主义的原始人、存在主义的陌生人和物质主义的机械人；他揭橥现代文学的困境："在反抗传统的狂热中，它与人类堕落的精神相呼应，它退缩到消极虚无的角落，它制造价值的真空，并加重人类精神的麻痹与鼓舞逃避和自杀的毁灭活动。"这些观察都隐含着卓越的洞见，又透露出相当的沉着和自信。

王尚义所关注的是"从异乡人到失落的一代"，他自觉地将"我们"纳入从海明威到加缪这一现代的谱系，并对存在主义表现出强烈的归属感。"生命任何真实的唯一目的，都是在每个瞬息里燃烧着的一生"(《现代文学与现代人》)，这几乎使我嗅到了百分百的加缪的气质。但遗憾的是他的小说艺术未能跟上他的思想，总体上仍然停留在五四文学的余绪之中。这是太可惜的事情，天不假年，否则他应该会能成为一个非常优秀的小说家。

"堂吉诃德的时代已经过去，而罗亭的时代还存在着。那位空谈不实、意志薄弱的失败天才，和无名的英雄的阴魂，在这一代青年身上，多多少少地隐伏着。"（《狂流》）王尚义用自己的作品和生命勾勒出了一代人的肖像，《狂流》的原型张尚德曾在王尚义生前戏言："我们这些自命不凡而别人看来一无是处的青年，最好一个个死光。先你，而后鼓应，再我。李敖、奕明、化民、伟康、耐冬和宏祥也不妨作个陪客。"如今，阅读是最好的祭奠，祭奠这位永远年轻的死者，也祭奠从异乡人到失落的一代的青春。

《从异乡人到失落的一代》，王尚义著，海豚出版社2015年3月出版

在神话与童话之间

"傍晚时分，你坐在屋檐下，看着天慢慢地黑下去，心里寂寞而凄凉，感到自己的生命被剥夺了。当时我是个年轻人，但我害怕这样生活下去，衰老下去。在我看来，这是比死亡更可怕的事。"20世纪末的某个傍晚，一名年轻的肉联厂工人披着充满血腥味的工装，坐在肮脏不堪的宿舍里读到王小波《思维的乐趣》中的这些文字时，他被感动了。多年以后，这位成了文学博士、大学教授的前肉联厂工人，在大量采访和一手资料基础上写出了这部心血之作——《革命星空下的"坏孩子"：王小波传》。这也是迄今为止，王小波的第一部值得信赖的传记。

王小波辞世至今17年了，但似乎依然没能盖棺论定。一方面，他早已经成为一个家喻户晓的文化符号，另一方面，却始终没有得到主流文坛的充分认可。据《南方周末》做过的一次采访显示，许多作家对王小波的创作成就持保留态度，有的则表示年轻时看过，现在已不太感兴趣。在有关中国当代文学史的诸多论著中，对于王小波其人其作也多语焉不详，或一笔带过，甚至只字不提。而且，对于今天更年轻的读者来说，王小波显然已经不再流行。笔者曾在课堂上对一群出生于1995年后的大学中文系新生做过随机调查，他们中间极少有人阅读王小波，这个比例甚至低于对路遥的阅读。这让我惊讶之余，也不由地陷入思索：王小波究竟是一个不朽的文坛神话（如鲁迅、海子），还是一个只属于个别代际读者（70后和80后）青春时期的童话？

在王小波致朋友魏心宏的一封信中，他将作家分成两类："一类在解释自己，另一类在开拓世界。"他认为"前一类作家写的一切，其实是广义的个人经历，如海明威；而后一类作家主要是凭借想象力来营造一些什么，比如卡尔维诺、尤瑟纳尔等人"，进而坦言自己"正朝后一类作家的方向发展，而且觉得一个人想要把写作当成终生事业的话，总要走后一条路"。对于"写什么"向来比"怎么写"更重要的中国文坛，王小波的选择注定是一条异路。王小波的同龄作家大多还受托尔斯泰等俄罗斯文学的影响，王小波津津乐道的却是卡尔维诺、尤瑟纳尔、杜拉斯、麦卡勒斯等人，这显示出他远为现代和前卫的艺术趣味。甚至2014年新晋诺贝尔文学奖莫迪亚诺的名字第一次被很多中国读者知晓，也是在王小波的长篇小说《万寿寺》中。这些偏僻的精神资源决定了王小波异质化的写作方式。他的写作是一种未被规训的写作，难以归类，既深受唐传奇影响，又散发着维多利亚时期地下小说的气息，同时也与中国20世纪下半叶的历史现实紧密相连。对于中国文坛来说，他是一个迟到者，不合时宜者，格格不入者。整个被称为文学黄金时代的80年代，在贯穿其间令人眼花缭乱的每次文学运动中——无论是伤痕文学、知青文学、寻根文学还是先锋文学等，王小波都不在场。他像一个单枪匹马闯进文学史的堂吉诃德，现有的文学秩序无法对其位置作出准确描述。事实上，王小波本人对于文坛也保持疏离态度——"我听说国内有个文学圈，但不知道在哪里。"

在王小波之前，中国文学缺乏一种狂欢的气质，只有莫言庶几近之。多数作家追求阴郁以为深刻，独有小波灿烂照人，阳光不灭。像房伟书名所揭示的，他是一个"革命星空下的'坏孩子'"。王小波蔑视体制，蔑视一切无趣，充满早期人类才有的赤子天真之气，同时也呈现出罕见的精神抱负。"我觉得每种人类的事业都是我的事业，我要为每种事业而癫狂——古希腊的人就是这么想问题。"这是一种巨人意识，王小波的写作纵使并不完美，但属于巨人之诗，与匍匐在地的庸常写作有着云泥之别。

房伟敏锐地看到王小波是一个精神上"强悍"的作家，他写道："在浪漫的云南热风中，在革命时期惊世骇俗的爱情里，在唐传奇高蹈不羁的流氓英雄狂想里，王小波以文艺复兴式的巨人姿态，复古地追述了最光彩流溢的反抗者的故事。他骄傲、粗鄙、欢乐，内心充满了顽童的恶作剧与愤世的讽刺与狂言。然而，他也是脆弱的，或者说，他的悲观和忧郁，让他喜欢沉溺于想象世界。他将挫折诉之于沉默，将反抗形成纸上的帝国。他的悲观联系着他的敏感，而他的喜剧精神，却联系着他对虚伪的嘲讽，无情的揶揄，以及刻薄的巧骂。他不断别扭地试图走入公众世俗空间，然而代价却是不断退入内心。他顽强地表达自己的骄傲，却不能将敏感的心变得坚硬粗暴。"

这些富有激情的文字，来自心灵与心灵的碰撞，也来自对传主和文学的深切理解。诚如吴义勤先生推荐语所写："这既是新时期当代作家经典化的一次成功实践，也是70后一代青年批评家向其精神资源的隆重致敬。"

有一个关于鲁迅的著名问题是：假如鲁迅还活着，他会怎么样？假如王小波还活着，他会怎么样？今天，王小波那些脍炙人口的杂文中的许多见解已经属于常识，但其文字所散发出的巨大真诚和酣畅淋漓的自由精神依然富有穿透力，且愈加弥足珍贵。在这错综复杂的时代，怀念王小波在很大程度上意味着怀念一种情怀，一种初心。

"今年是2015年，我是一个作家，我还在思考艺术的真谛。它到底是什么呢？"在2014年年底重温《白银时代》的结尾，禁不住百感丛生。王小波曾说："白银时代的人蒙神的恩宠，终生不会衰老，也不会为生计所困。"我和这本传记的作者一样坚信：无论时代如何变化，王小波永远在那里。在神话与童话之间，"永远年轻，永远充满智慧，永远热泪盈眶！"

《革命星空下的"坏孩子"：王小波传》，房伟著，生活·读书·新知三联书店 2014 年 8 月出版

梁小斌：从"朦胧诗"代表人物到地洞思想家

一

多年以前的一个午后，在北京王府井的一间写字楼，我第一次读到这些文字，立即被它震惊。这是面对伟大事物的自然反应。我意识到它与通常意义上的散文、随笔无关，而是一部当代罕见的寓言和诗。当时，它的作者就坐在我面前。他似乎对我的理解能力缺乏信任，口齿略带笨拙地跟我解释起自己写作这些篇什的意义。然而，我急不可耐地打断了他的话，并且很没礼貌地大声"嘲笑"他："你根本就没看懂！"

咄咄怪事，作者会看不懂自己写的东西？事实显然不是这样。这个人很快承认了我的判断是正确的：自己并不善于用口语来表达自己。随后，他送给我四个字："你很幽默。"我明白他的意思，他的话不仅针对现在，更是针对稍早一会儿发生的事情。他的好朋友开玩笑地夸他穿得一身名牌，他很诚实地回答道："哪里，都是从服装市场买的。"这时，我插了一句："那也是从著名的服装市场买的！"于是，这个人仰起脖子痛快地大笑起来。

而我感觉，真正幽默的是他。不仅是他作品里透露出的卡夫卡式的幽默，更包括命运萦绕在他身上的幽默。

20多年前，作为"朦胧诗"的代表人物之一，梁小斌的名字可谓家喻户晓，甚至至今仍是大学中文系当代文学史课程中不可或缺的符号。然而，很少有人知道，如此盛名对应的却是这样一个事实：他是那一代诗人中"混"得最差的一位，他没能像北岛、顾城、杨炼、江河那样走出国门，也没能像徐敬亚、王小妮还有海归的多多那样进大学教书，更谈不上像舒婷那样担任作协的领导，他甚至连一个普通的体制内的专业作家或文学编辑都不是。相反，从1984年30岁时被单位开除以后，他就一直栖身于社会底层，靠打零工和朋友的资助，过着极为清贫、寂寞的生活。这个人最近一次引起广泛关注则是因为他患病住院，没有医保，亦无力支付高额医药费，然而他那惊世的才华仍然鲜为人知。

当陷入疾病与衰老的梁小斌，一身假冒伪劣的名牌活在这个时代时，我看到了一个堂吉诃德式的英雄，一个眉间尺式的刺客。他无疑会成为这个时代沉重的收获，也是抽向这个时代的一记响亮耳光和一道绝妙的讽刺。然而这些远远不够，对一个作家的公平与尊重，必须从阅读他的文本开始。对于梁小斌，我们不仅需要了解他从风口浪尖的朦胧诗代表诗人撤退到地洞思想家、饥饿艺术家的独特历程，更需要看到在诗歌的盛名之外，他开辟出了怎样一片奇异的风景。

二

让我们回到 1984 年的一个现场，由于超假四个月，根据"厂规三十条"，年轻的诗人梁小斌面临被自己的工作单位（一家制药厂）除名的恐惧：

凡是违反厂规的人，都要被开除，

我违反了厂规，

我会被开除。

我可能会被开除。

违反厂规的人也不一定会被开除。

我不会被开除。

我永远不会被开除。

我永远不会接触开除。

我永远不知道什么叫作开除。

我永远不知道什么叫作开除。

活着的人都没有见到过什么叫作开除。

世界上根本不存在开除。

这是一个堪与王小波《黄金时代》里"队长说王二打瞎了他家母狗的左眼"相媲美的悖论游戏，时间却是远远早于《黄金时代》创作时间的 1984 年。即使身临险境，梁小斌仍然不忘记玩味，他不但是生活的局外人，也是自己的局外人，习惯将自己当作他者，经历并玩味。同样的玩味发生在他给一位自己喜欢的女孩打去电话时，女孩的父亲告诉他没有他要找的人，于是，"我放下电话后，回到家里，脑海里反复出现这个声音。我甚至模仿这个声音，体会一种拒绝在我心灵上造成的回响"。自我玩味最终凸显了存在的本真："因为我被他们拒绝，我感到了自己的价值。我从来没有这样深切地了解到自己的处境，在似乎受到一种侮辱中，我的内心终于平衡。"

被除名后的诗人去找一个"供养诗人的单位"，试图谋求一份工作，甚至不惜谄媚地表示"我想扫一辈子地，然后安顿下来"。可是，即使这样也遭到了拒绝，对方告诉他说："你是一个有成就的青年作家，我们很早就注意培养你……要你到这里扫地，违背了我们当时培养你的初衷。"

这是一个类似于卡夫卡《在法的门前》的寓言，又让人联想起布尔加科夫给斯大林写的那封著名的求职信——"如果不能任命我为助理导演，那我请求当一名在编的群众演员。如果连当群众演员也不行，我就请求当一名舞台工人，如果连工人也不能当，那就请求苏联政府按它认为可行的办法尽快处置我，只要处置就行。"在梁小斌最为荣光的时代，也曾受到过国家有关领导的接见。有一位解放军战士因为读过《中国，我的钥匙丢了》一诗，甚至把自己家的钥匙寄给了他，表示自己也要奔向荒野，尝尝"丢失钥匙"后的心灵滋味。他怎么会知道，诗歌的作者那时已经踏上了内心的流亡之旅。

诗人锐利的目光观察到，"在中世纪，杀戮宗教叛逆者是供人观看的，这是丰富多彩的人民生活"。他意识到"革命看上去的确是受奴役的结果，但革命又是心智健康、心灵尚未得到奴役而向前发展着的儿童游戏"，他反思启蒙："启蒙就像阴影似的附在了人的身上……有一种控诉不是对于自己所谓苦难的控诉，而是对思想家启蒙所带来的灾难性痛苦的控诉。因为，启蒙的结果恰恰是加速了人的苦难的进程……"

仿佛命运的捉弄，著名诗人梁小斌反而被接下来的时代大潮遗漏了，成为文坛长期的失踪者，同时也因此更具有了卡夫卡所讲的废墟中的幸存者的意味。他从广场撤退，从人群撤退，从时代撤退，直退到深深的地洞中，"独自成俑"。所以，这部书既可以看作是他一个人的"退步集"，同时亦具有思想史上弥足珍贵的孤本意义。

三

凡与梁小斌接触过的人大概都不会反对，他正是属于卡夫卡那种"活着但无法应付生活"的人，如叶匡政所说，他是"一个仅剩下大脑的人"，除了思想一无所有。他是一个思想的寄生者。从现实角度来看，他是一个彻底的失败者。对此，他心知肚明："我已经体验到我对于世界完全无用是什么意思了。"

梁小斌因思考生活而不肯踏入生活之河半步，"我不能在彻底弄清人生意义之前就妄加行动，我要为我的行动寻找更为圆满的理由和根据，因此，行动必须推迟"。谁曾想到，这种寻找耗尽了一生。"行动必须推迟"成为这个优柔寡断的人唯一决绝的信念，哪怕为买一包香烟也要推迟行动。所有的障碍都在粉碎他——门口一个水坑，足以将他逼回去，打乱出门的计划；半夜里因怕影响邻居，趁着雷声的掩护，才敢敲碎一只鸡蛋；作为园林工人，为明天上午要操动大剪子剪树而彻夜难眠，因为，那个剪树的动作，就在大庭广众之下能够完成吗？

梁小斌的一位诗人朋友曾向媒体描述梁小斌的绅士风度，在饭桌上，从未见他"越界"去夹别人面前盘子里的菜。这个形象鲜活、感人，使人信服，但我却认为这很可能是一个善意的误解。对于这个"饿了连饭都懒得吃的人"，在盘子转到自己跟前之前，伸出筷子实在是太难了。这位朋友有可能低估了梁小斌的笨拙和羞耻感。

"我的生活太缺乏生活气息了，缺乏生活气息这是我的基本特征。"梁小斌默默写道，"一种不知如何是好的情绪包围着我，影响着我的一生。"但是，"我知道生活的情趣附在我身上，我就会感到沉重，总觉着身上有一股我不熟悉的气息"。他是如此痛苦又如此清醒："我能痛感到矛盾的存在，痛感到必须热爱，而又推迟热爱所造成的痛苦。我的痛苦方向指出的不是人生的真谛，人生无真谛可言，我指出的只是人的真谛，我以非醒悟的方式，以迷乱的方式，阐发人的真谛。"至此，他已走上通往尼采式先知的迷途，预示着在几近疯癫的废弃中成就不朽之思。他彻夜不眠的思索则使人想到齐奥朗（萧沆），两人同样是在日常生活结束的地方，向着绝望和虚无的深处掘进。

"格格不入"！梁小斌终于找到了这个字眼，"我要寻找我与日常生活格格不入的地方，就像寻找我与农民格格不入的地方一样。"那么，下一步就顺理成章了："我要在完全无人知晓的情况下，为自己挖个地洞。我被深深掩埋这个词所蕴藏的内容深深吸引。"

深藏于地洞使他有足够的时间和距离来偷窥和思考世界，地洞之于梁小斌就像费尔南多·佩索阿的阁楼。梁小斌的复杂与深刻在于，他从来不以为真理确定无疑。即使面对孤独，"孤独中的人的心理也构成犯罪，因为这种心理没有表现出来，就没有资格取得合法地位"。难道就没有一点希望？"希望的终结是绝望，纯洁度不高的绝望构成人的忧郁，忧郁是最后一丝力量是否要释放出去前夕的心理徘徊。"为何不寻求和解？因为"任何和解都是一种压力。和解使我的生活复杂起来，破坏了本来较为单纯、明净的生活"。

"世界总要把我从日常生活里揪出来，虽然我隐藏的时间较长。我活在世上，世界不放心。"这个彻底的无可救药的诗人，深渊似的异端，他在被世界开除的同时，也开除了全世界。他使我们看到，一个人在精神中可以走多远，他蠕动的生命痕迹有着异形天体运行的轨迹。

可以毫不夸张地说，梁小斌的《地洞笔记》让我有幸目击汉语思维的奇迹。作者抚摸过的一切皆变成隐喻，或者说他唤起的真实风起云涌——"疯长的庄稼在寻找有谁能帮助它被拦腰切断。""叙述为什么要我知道这些呢，为什么要让我认同叙述里的意思呢？""如果猎人没有说出迁移秘诀，山洪真的来了，那么这个山洪的来临就是荒谬的。"这些宛如天外来客的思维，咄咄逼人，让读者惶恐，手足无措。他所书写的不是从现实中探寻到的意义，而是意义本身。

很显然，这已经超出文学的范围，进入纯粹思想与哲学的世界，而这正是重新审视和理解梁小斌的基准。

而在笔者看来，本书中最为动人的一个地方还是如下情节——诗人想象有一座自己的铜像，而他作为旅游者来到铜像面前，读着基座上的文字："陌生感伴随着我的一生，我一生致力于研究如何接近这个世界，但是，我失败了。"他指着这个铜像说，他显然是他的崇拜者。

这还不够，诗人继续写道："我还想，在铜像旁有一个跟铜像不相关的喷泉，由于顺风，喷泉淋湿了铜像的全身。"

这个寓言包含了所有的秘密。

《地洞笔记：被世界开除》，梁小斌著，时代华文书局2014年4月出版

反转乌托邦神话与余华中年变法

余华正越来越成为一个有争议的作家。

由《活着》和《许三观卖血记》所获得的经典作家地位正被他自己一步步颠覆。《兄弟》引起的巨大争议犹在耳畔，七年磨一剑的新作《第七天》更迎来了几乎一边倒的批评。只有一点毫无疑问，那就是余华在"背叛"读者的道路上越走越远。

记得当年《许三观卖血记》刚出版，我曾预言余华的写作接下去一定会走向繁复，因为《许三观卖血记》已经把简洁走到了极致。《兄弟》证明了我的判断，《第七天》则又是摇身一变。老实说，我是怀着疑虑来读《第七天》的，因为此前在《十个词汇里的中国》一书中，余华已经直接面对中国当下社会现实发言。但由于缺乏相关的专业学术背景支撑，那本书显得有些粗疏和力不从心，并不比时下流行的一些媒体知识分子的时政评论高明多少，比他本人所写的读书随笔更相去甚远。坦率地说，我担心余华没有足够的思想穿透力，来统摄这些现实材料。

读完《第七天》，我再次激赏于余华的良知和勇气，从许三观卖血到伍超卖肾，从失去土地的福贵到死无葬身之地的杨飞，中国人民连绵不绝的苦难在余华笔下奔涌如忧伤愤怒的河流，血泪翻滚咆哮的歌声。

20世纪的人类历史同时贡献了乌托邦神话和反乌托邦叙事，众多历史事实证明所有在人间建设美好天堂的梦想，无一不以人间地狱收场。从《1984》到《我们》《动物庄园》《美丽新世界》，无不体现了人类对乌托邦神话深深的忧惧和警惕。在余华的《第七天》里，人间已经沦丧为地狱，而地狱却充满了温暖的人情。"在死无葬身之地，那里人人死而平等。"这是一个反转的乌托邦神话，是燃烧着忧愤与激烈的恶之花。我想，余华不会拒绝成为一个狄更斯（而不是巴尔扎克）式的记录者。

作家们一面对现实瞠目结舌，一面陷入失语。稍有经验的写作者都明白，直接描写现实生活往往得不偿失，很容易沦为鸡毛蒜皮的新写实或《故事会》《知音》式的小报体。当年许三观卖血的故事收获了无数泪水，今天比许三观卖血更悲惨十倍的《第七天》却只能收获大面积的笑声。许三观靠卖血度过了人生中的一个个难关，伍超卖肾却只能换来一个iPhone手机。再残酷和悲惨的事情，也催泪不了今天见多识广的读者——"我们都已知道，你还怎么写？"

歌德讲过这样一段话："材料摆在人人面前，内容只有相关的人知道，形式对于大多数人来说是个秘密。"余华毕竟是余华。他找到了一种巧妙的方式，那就是：用诗来克服故事。通过一个死者的漫游，引领故事的行进。抒情诗式的旋律和节奏，使得纷杂的现象归于秩序，更升华了整个文本的意境。在余华精密如手术刀的笔下，尽管《第七天》里有太多新闻串烧，但并不显得臃肿和凌乱。《第七天》既是一个来自圣经的隐喻，也是一段《神曲》般的历程，而余华则是引领自己走出叙事迷宫的维吉尔。《第七天》是诗的胜利，它完全可以证明人们对余华才华的担忧纯属多余。

以鬼魂来写人间，并不是余华的独创。墨西哥作家胡安·鲁尔福的《佩德罗·巴拉莫》就是这方面的典范。但是《第七天》要比《佩德罗·巴拉莫》更加复杂。相比《佩德罗·巴拉莫》纯粹、内敛的风格，《第七天》则远显得驳杂、恣肆。读者有多少喜欢《活着》《许三观卖血记》的理由，就有多少排斥《第七天》的理由。相比前两部作品的完美和精致，《第七天》显得破碎和粗糙得多。但这部分读者并不知道：《第七天》里的碎片、拼贴、穿越、互文、类型化等元素，正是后现代主义美学的标志。与现实主义的功德圆满相比，后现代主义不再以追求完美为目标，而是创造与现实同构、具有无限阐释可能的云文本。

尽管如此，余华也不是万能的。《第七天》暴露出许多他的老问题。到今天为止，余华几乎还没有写出一个真正有思想和行动力的人。他笔下主人公的悲剧命运一如既往是遭遇性的，而非主动选择。本书的高潮是为鼠妹净身的送葬仪式，但是，由于鼠妹这个人物过于单薄和平面化，委实不足以担负起这个盛典。对于伟大的作品来说，仅仅有感人的人物是不够的，还要有高贵的人物。从精神向度来讲，一个普通农民（生存层面的）的痛苦和一个诗人（存在层面）的痛苦不可同日而语。再者，余华写爱情和女性，一直是个薄弱环节。他的爱情观似乎停留在相濡以沫的层次，杨飞和李青两人的相爱多少有些莫名其妙。而且，李青这样一个重要人物去向仓促，显然是个败笔。余华最擅长写的人物关系还是亲情，特别是亲情的疏离与交叉，《第七天》中杨飞与养父和亲生父母的关系，在一定程度上可以看作是《在细雨中呼喊》和《兄弟》中亲情的变体和重写。我冒昧地猜测之所以在不同的作品中，不同的主人公屡屡亲近养父母而不是亲生父母，或许源于作者某种潜意识的情结。但从哲学意义上来看，这种选择实际上很令人费解，并不具备更高的意义。

余华曾在一篇文章中引用过尤奈斯库的话："先锋就是永远在路上。"一切的苛求，都只是因为他是余华，他身上承载了多少写作者的文学梦想。对于中年变法的余华而言，《第七天》还只是一部过渡性的作品，由于迷恋进攻，甚至只攻不守,《第七天》留下的遗憾和它取得的突破一样明显。敬请余华继续前行!

《第七天》, 余华著, 新星出版社 2013 年 6 月出版

方士的长旅

　　我曾询问一位著名的评论家，他写过一批在文学圈内颇为叫好的当代作家论，为什么唯独没有写过张炜。这位评论家的回答只有三个字：不好写。对此我深以为然。近几年来，由于特殊的机缘，我与作家张炜较多近距离接触，交谈、聊天之际心灵每每被其震荡。我迷惘于不知道他思想的边界在哪里。这在我接触的中国作家中，几乎是绝无仅有的。

　　在过去30多年的时间里，张炜写出了一大批中国当代文学史上卓有影响的作品，如20世纪80年代的《古船》，90年代的《九月寓言》《家族》，21世纪以来的《外省书》《丑行或浪漫》，2011年，更是以长达450万字的《你在高原》获得茅盾文学奖。作为一位持续高产且思想丰沛的作家，张炜在一定程度上参与和见证了中国近30年文学与文化思潮的变迁。比如，他曾出现在著名的《河殇》中，更是90年代人文精神大讨论中"二张（张承志、张炜）二王（王蒙、王朔）"之争的主角之一，因其激烈的道德理想主义立场，饱受赞誉和质疑。

　　与那些单纯的小说家不同，张炜身上更多体现出一种综合的能力。少年时代的流浪生涯，使他与大地与自然之间建立起一种血脉关系。年轻时他梦想成为一名地质工作者，"与其占领山河，不如推敲山河"（《你在高原》）。丰富的从政经验，又使他对体制和中国社会有着独到的认识。无边的游历、阅读和思考，最终成就了一个浩瀚的作家。张炜的作品中展现了植物、地理、风俗、历史、哲学等百科全书式的知识，容留了现实主义、现代主义、超现实主义乃至古代笔记小说的各种实验，从而构筑起了中国当代文学中堪称最为宏伟的个人艺术空间。

《史记》记载，"海上燕齐怪迂之方士多更来言神事"。张炜出生、成长的胶东半岛是徐福东渡、八仙过海、蓬莱仙境等传说的发祥地，神话和民间文学传统极为发达。受此滋养，张炜作品中的魔幻色彩丝毫不逊于另一位胶东作家——莫言。层出不穷的流浪汉、大痴士、河汉隐士、现代鲁滨孙、荒野酒宴、黄鼬附身、阿雅、蛇懵、蘑菇七种、午夜来獾……端的是齐东野语，得聊斋真传。有意思的是，莫言曾经在张炜家乡龙口当过四年兵，张炜则在龙口挂职做过九年市委副书记。至今，虽身为山东省作协主席，他多数时间仍然居住在龙口。莫言执着而热烈地歌唱高密东北乡大地，张炜则面对秦始皇和徐福求仙的一方海岬默默书写汗漫的史诗。两个人的文学都可以看作是既雄健博大又素有怪力乱神传统的齐文化的胜利。

身为作家的张炜不仅耽于思想，而且富于行动。十年前，他在徐福东渡的出发地龙口海滨发起建立了一座规模宏大的万松浦书院，这也是新中国成立以后的第一所现代书院。万松浦书院保留了中国传统书院的所有基本元素，张炜和他的同道在这里开坛授课、研习著述、接待海内外游学者。它远离通都大邑，"只与林河海野两厢厮守"（《筑万松浦记》）。初建时，万松浦书院尚身处二万六千亩松林之中，现在却成了几乎被大片海滨度假房产吞没的一座孤岛。拒绝与坚守，这样的词对于张炜再恰切不过。至少在万松浦书院，他实现了他的理想：和蔼、安静，这里人人皆诗人。

2011年，《南方周末》资深记者朱又可对张炜进行了一次采访，不料想这次采访蔓延为了十一次对谈，最终成为一部名为《行者的迷宫》的35万字的大书。这场漫长的谈话内容涉及政治、革命、改革、宗教、儒学、土地、人性、阅读等方方面面，充分展现了张炜深切而旷阔的精神关怀，其间流露出的见地和气度有时甚至使人联想起《歌德谈话录》和托尔斯泰晚年的笔记。诚如朱又可所言，"这是20世纪80年代末90年代初以来思想失语后的一次舒缓而漫长的言说，是一个人孤独穿越之后对20年地理和文化时空的一次耐心的检索"。这是张炜一个人的精神史，更为研究中国当代文化思想的轨迹提供了一份珍贵的史料。

阅读这些谈话，可以看出：在张炜那里，道德激情、价值信念从不是什么"遥远的问题",而是当下最迫切的问题。直到今天,他依然保持着"抵抗的习惯",继续走在"忧愤的征途"。他不回避现实,勇敢地迎向问题,批判犀利而激烈——"我们不信任那些不读书的人,不信任由他们管理的社会生活。""马克思主义原典指出,马克思主义政党除了人民大众的利益之外,没有任何的私利。所以任何从这个前提退后一步的政治人物,就只能是利益集团的一员,无论其多么忠诚,也必然站在了民众的对立面。""有人觉得性工作者是天下最下贱的职业,实际上不是。连一毫米理想都没有的权力者,以及尾随他们的人,所谓的知识人,才是人世间最下贱的职业。"

在张炜看来,"体制是人性的产物,是人性结果了体制,而不是体制结果了人性。但另一方面,体制已经把人性大大地结果了。土地滋生文化,文化影响人性,人性决定体制。"谈到 GDP 这个话题,他表示"物质的轮回起伏不值得大惊小怪",更多忧心于乡土中国的凋敝和传统文化的沦丧。在谈到移民这个话题时,他甚至说"我有什么资格……我个人为创造这个美好的环境付出了一滴血汗吗?"其真诚恻怛,足以令人动容。

如果张炜只是一个忧愤的道德主义者,甚或一位公共知识分子,事情就简单多了。在彬彬儒者的形象背后,张炜尤其深受道家思想、玄学思想的影响,他甚至认为"文学应该徘徊在这些更高更大的、遥远到难言的道里"。这大大加深了其人格的复杂性和作品的多义性。换言之，张炜淹没在自身的复杂性中。他既是一个主流作家，同时又是一个被高度边缘化和误读的作家。尽管他已经获得了文坛上很大的成功，但对于他的深入理解似迟迟未见开始。这是一个非常奇怪的文化现象，是他用无尽的行走和弥漫性的语言共同编织成的迷宫。当然，他更像自己情有独钟的祖先——那位消失在大海深处的方士，永不止息地寻找着或许并不存在的世外仙山。"诗人绝不会是神的虔诚信徒，但可能是神最不讨厌的。"——张炜如是说。在我看来，方士就是行动的诗人，将想象与知识，真理与意念混为一谈，他只负责向人描绘出一个不可思量的世界，而行走的意义超越了抵达。

也是人间小团圆

谁能想到，杨绛先生会以一百多岁高龄续写她唯一的一部长篇小说《洗澡》。起因于不满意自己心爱的人物之间那份纯洁的友情被人糟蹋："假若我去世之后，有人擅写续集，我就麻烦了，现在趁我还健在，把故事结束了吧。我把故事结束了，谁也别想再写什么续集了。"如此卖萌，令人不禁莞尔。从中不难看出，她是何其在意这部小说，在意她塑造的一对璧人。

人们常将杨绛先生的《洗澡》与其夫君钱锺书先生的《围城》相提并论，然《围城》的好，人人都知道，《洗澡》的好，只有懂得的人才知道。喜欢它的有"半部《红楼梦》加半部《儒林外史》"之誉（如施蛰存），甚或视其超过《围城》（如康正果），不喜欢的各有其"昏昏"与"昭昭"。在共和国的写作史上，《洗澡》实在是一个奇异的存在，它既是新中国成立后首部反映知识分子思想改造的长篇小说，却又似乎什么都没说。没有控诉，没有煽情，也没有知识分子通常看重的批判和反思。《洗澡》就像一块玉，静静地埋在时光的尘埃中，柔和温润，并不耀眼，却让人过目难忘，又无可代替。好事者多看重它与《围城》出自一对人间传奇神仙眷属，且同声相求，气质相通，都有着将世情百态"当书读，作戏看"的冷眼旁观。更深层的意义则在于，二者的叙述内容从时间上看前后延续，贯穿了新旧两个世界，为20世纪的中国历史叙事开辟了别开生面的一条诗学路径。可以想见《围城》中的人物，几年后将无一幸免遭遇"洗澡"的命运。《围城》庶几可看作是"洗澡前传"，《洗澡》则可以看作是"围城之后"。二者互为表里，构成20世纪中国知识分子的悲喜镜鉴。

我读《洗澡》和《洗澡之后》，常联想到《周易》中的贲卦。新中国成立之初，天南地北的旧知识分子向新政权投奔，可谓是"贲其趾，舍车而徒"的盛会，在此后的各种运动中，余楠之流的积极表现不外乎是"贲其须，与上兴"的躬逢迎合。两部作品中都写到了"贲如，濡如，永贞吉"的爱情与旧式友情，也频频展现"贲于丘园，束帛戋戋"的种种礼俗，而整体风格上的素朴含蓄与文情兼美，自然是"白贲无咎"，是绘事后素的美学至境。若单论文字的雅洁，前后《洗澡》比之《围城》显然更胜一筹。那信手天然的白描本领，更是得《红楼》真传。

《洗澡》借政治运动描写形形色色的知识人物，而许彦成和姚宓最为流光溢彩，遂成男女主角。《洗澡》结尾，情投意合的二人为不伤害别人，约定只做君子之交。姚宓甚至表示不一定非要嫁人，甘于守着母亲过一辈子。许多论者据此认出，姚宓身上有着杨绛终身未嫁的八妹杨必的影子。姚宓集林黛玉的高冷、晴雯的率性、史湘云的呆萌于一身，更可见作者对她偏爱有加。

《洗澡》开篇不久即道"时势造英雄，也造成了人间的姻缘"，到《洗澡之后》，果然风云突变。许彦成的妻子杜丽琳下乡改造时偶遇心上人叶丹，两人一见钟情，私定终身。追求姚宓的罗厚也有了活泼可爱的李小姐。道德的障碍不复存在，有情人终成眷属。"许彦成和姚宓已经结婚了"，"姚太太和女儿女婿，从此在四合院里，快快活活过日子"。这简直是童话的结尾。表面上看，的确像杨绛先生说的那样"故事已经结束得'敲钉转角'，谁还想写什么续集，没门儿了！"但读者切不可天真到以为作者真的如此天真。

杨绛先生写《洗澡之后》时，距"我一个人思念我们仨"已又过去了十年，用她自己的话来说，"已经走到了人生的边缘，我无法确知自己还能往前走多远，寿命是不由自主的，但我很清楚我快'回家'了"。相比《洗澡》时默存（锺书）尚存，写《洗澡之后》的杨绛先生已是孑然一身。《洗澡之后》在看似轻快的大团圆式结局背后，也多了浓重悲凉的底子，甚至死亡的阴影挥之不去。《洗澡》发生在"五七反右"之前，里面唯有朱千里一人不堪忍受"帮教"之辱自杀，毕竟未死，非但不够惨烈，反倒带着几分喜剧色彩——花露水、玉树油、脚气灵和烧酒一起喝下，结果呕吐得一塌糊涂。至《洗澡之后》，大鸣大放中陆舅舅的死，面貌已"实在可怕"。"罗厚和陆舅妈都觉着害怕，亮着灯在外间坐了一夜。""不可一世的陆舅舅就这样走了，从此走了，去了，没有了。""茂盛漂亮的陆家花园已成了一个荒园"，映衬着人生凄凉的晚景。小人物姜敏自杀了，"老河马"施妮娜不知哪儿去了，就连置身于风暴之外的王正也感叹"生活在不断革命的时代，日子过得真快，一场斗争刚完，接着又是一场"，端的是"一年三百六十日，风刀霜剑严相逼"。

构成《洗澡之后》线索的一个中心动作是"搬家"，"搬家"本身即是一部流离失所的书。老家四合院，陆家花园、研究社……一处处失而复得，得而复失，犹如浩浩姚家藏书之聚散。另一条线则是杜丽琳插队、回城，以及许家、姚家、陆家各式亲戚的来去，犹如茫茫人海之放生。杜丽琳下放到皖北荒僻的山村，周遭居然有狼出没。种种动荡与荒凉，直让人想起《我们仨》中的万里长梦，古驿道上的相聚离失。

在《洗澡之后》，人物有了新的生长。最令人刮目相看的莫过于"标准美人"杜丽琳，《洗澡》中处处隐忍、周全，十足淑女范儿，及其被打成"右派"下乡改造，临行前将钻戒留给许彦成，直道："我这一去，死活不知，如果能活着回来，咱俩再做夫妻，我死了呢，就送给姚宓吧。说句平心话，她是个厚道的人，宁肯自己伤心也不愿伤害我。"真诚恻怛，有大家风范。待经过一番"忽然间从上面倒栽下去，到现在头还没着地"，人也变得更加皮实，回城后听罗厚讲起姜敏等的惨局，她"没有心情关心那几个不相干的人，只想喝热烫烫的小米粥，喝满满三大碗"。完全看不出斯人哪里"其俗在骨"，实在很接地气，大有不让须眉之气。

乱世性命都不能自保，还有什么身外之物舍不得？颠沛流离之中，最大舍得莫过于舍了婚姻这件行李，也放下了执着。杜丽琳说："许先生，请你解放了我，你有你的意中人，我也有我的意中人，我和你从此分手吧。"许彦成听罢"心中快活"，谁能料到竟是这皆大欢喜的结局。许彦成、姚宓婚宴客散以后，"罗厚独自一人，坐在门口，抬头只见一弯新月，满院寂寞得没法摆布"。看似粗糙木讷之人原来情深似海，如此宅心仁厚，真是天下一等好人。

相比杜丽琳的主动和罗厚的牺牲，倒是许彦成和姚宓这对主角逊色不少。他们好比不劳而获捡来的一段人间佳话。许彦成喜形于色，反倒露出几分俗人的底子。当初姚宓对许彦成讲"我就做你的方芳"，"不过同情他，说了一句痴话"。后来不肯做偷情的方芳，显然是要明媒正娶。既做不成夫妻，便做君子之交。克己复礼至此，非铁石心肠不能为也。最妙的是直到结婚，她也没有表现出高兴，平静得让人生畏。女人心，海底针，似我等读者忍不住要为彦成担一份闲心。

《洗澡》中的"洗澡"是知识分子洗心革面的政治隐喻，《洗澡之后》的"洗澡"却是新婚夫妻合卺前实实在在的沐浴更衣，好比由《周易》上经政道的习坎卦，过渡到《周易》下经家道的咸卦。对照杨绛先生"我得洗净这一百年沾染的污秽回家。我没有'登泰山而小天下'之感，只在自己的小天地里过平静的生活"的夫子自道，那份对现世安稳的笃定与悲悯，足以让人动容。《洗澡之后》结束于中秋月圆，"月盈则亏"的道理，姚宓在《洗澡》中就已懂得，真到了这时怕只是不忍说破，因此唯有沉默。良辰美景奈何天，也是人间小团圆。

《洗澡之后》，杨绛著，人民文学出版社 2014 年 8 月出版

移居北方的博尔赫斯

作家可以分为两类，一类是出生于乡村的作家，一类是出生于都市的作家，格非属于生于乡村的都市作家，他的文笔没有丝毫乡村作家的"土气"。中国作家可以分为两种：北方作家和南方作家，南方作家到北方去可能更有利于成为大作家，格非就是这样一位移居北方的南方作家。——这是我在阅读《博尔赫斯的面孔》一书时想到的一些"废话"。

在我看来，格非和他的同龄人余华、苏童、韩东等这批20世纪60年代出生的南方作家一起完成了共和国小说的现代转型，这一巨大成就却被隐藏在以北方作家为主体的50后作家的阴影下。与北方作家普遍偏爱的现实主义宏大叙事不同，南方作家更注重个体的经验，在实现小说艺术的本体化方面更加自足和充分。作为一个生长于北方的70后的写作者，笔者永远对这一代南方作家心怀敬意和感激。所谓北方南方之辨，实质上是书写形态的厚重与轻逸之辨。从这个角度来说，我们大可把俄苏文学乃至19世纪古典文学称为北方文学，福楼拜、卡夫卡、博尔赫斯理所当然应划归南方文学，至于外表白鲸一般笨重的麦尔维尔和来自遥远北方斯堪的纳维亚半岛的英格玛·伯格曼，他们的创作同样充满南方精神。这似乎可以解释为什么无论是李商隐、《新五代史》（欧阳修）、废名，还是博尔赫斯、法国新小说，在格非这里皆圆融无碍，因为他们身上统统流淌着南方文学的血液。至此，借助格非对这些作家及其文本技经肯綮的分析，笔者煞有介事地进行了一番"文学地理学"意义上的思考。

一方水土养一方"文"。格非笔下的乡村童年记忆里，洋溢着湿润的稻田的气息，一场场乡村电影有如流动的圣节。虽然处于贫乏、封闭的时代，但空气并不干涩，这是江南与北方水土截然不同之处。江南民间更多专注于日常生活，很少被北方的宏大叙事裹挟。在上海这座中国大陆最大最西化的城市，年轻的格非开始了写作，趋使他从事写作的动力，很大程度上竟是源于沈从文式的乡下人的自卑。爱娃河畔的华东师大校园，有着令格非魂牵梦萦的"树与石"，这些南方景物在他小说中投下斑驳的光影与空白，赋予他的文本温婉蕴藉、静水深流的气质。在一次访谈中，格非提到："今天这个社会诞生不出伟大的人格，是因为我们已无法从伟大的自然中汲取智慧。"或许只有他自己清楚，他近年野心勃勃又愁肠百结的写作，有多少是源于江南景物在飞速膨胀的现代化过程中沦丧的哀情。

2000 年，格非离开华东师大北上至清华大学任教，我相信当初这个看上去仅仅是地理上的变迁，对他日后的写作产生了难以估量的影响。北方的寒冷和粗犷，使格非的语言在精致之外平添了几分峻冽与粗粝的质感。与故乡距离上的间隔，更使他得以充分地审视故乡，并使记忆与想象之间形成足够的张力。在这本书中，格非如此善解人意地分析马尔克斯："正如他去波哥大有助于看清他的故乡阿拉卡塔卡，去墨西哥有助于了解他的祖国哥伦比亚一样，欧洲的游历终于使他有机会重新审视整个拉丁美洲。"这段话对格非本人同样成立，和马尔克斯一样，格非也是一颗迁徙的种子：去北京有助于他看清故乡江南，去印度有助于了解中国，作为著名作家和名校教授游历世界，使他得以重新审视亚洲和中国的文化身份。小说家与学者的双重身份，则使格非的写作更多深思熟虑，预埋了无限阐释的空间，这是他的小说在更长时间里得以增值的保证。

尽管格非的观念里有着浓郁的谭端午似的"失败者"的气息，但显然他已走出了江南文人的局限，他笔下的人物也有别于《早春二月》《小城之春》中的江南知识分子的经典形象。我还注意到一个耐人寻味的细节——格非推崇博尔赫斯，而对同样博学的意大利作家艾柯的小说成就颇有保留。因为与艾柯的逻辑理性虚构相比，博尔赫斯小说看似炫智，但内中饱含着情感，且与阿根廷的现实构成明显的隐喻关系。格非甚至毫不掩饰对托尔斯泰的激赏，这一定出乎很多人的意料——他信任托尔斯泰所信任的道德的力量，这使他更像一个有着北方情怀的南方作家。当读完这些随笔，再来回望《春尽江南》中关于当下中国与世界的近乎雄辩的描述，似乎找到了两者之间必然的联系。毫无疑问，格非是一位富有历史情结的爱智者，而不是一位书斋型的知识分子。既精通小说艺术形式，同时熟知思想史的系谱，我有理由说格非具备了一位文学大师需要具备的全部素质。

《博尔赫斯的面孔》，格非著，译林出版社，2014 年 2 月出版
《相遇》，格非著，译林出版社，2014 年 2 月出版

与格非重新相遇

　　2002 年初春的一个傍晚，我利用在清华大学学习的机会，拜访了格非先生。那是我第一次见到格非。当时我们约好在清华大学南门会合，在我四下张望之际，有人拍了拍我的肩膀：是瓦当吗？我回头看见一个中年男子推着自行车，自行车上驮着一个两三岁的男孩，旁边站着一位想必是他夫人的女士。我愣住了。在我的想象中，格非按当时的年龄应该还是一个年轻的帅哥，他灰白的头发让我心生恍惚。以至于一同走了很远，我还在问他：请问您真的是格非吗？那一刻，我不由想起了《褐色鸟群》里的一句对话："格非，你的记忆全让小说给毁了。"

　　少年成名的格非，顶着一头灰白的头发，这是否和他过于早熟的写作有关？借用《相遇》中何文钦的话，"我一度以为时间出了问题"。而时间，恰恰是格非小说的最大之谜。格非的每一篇小说都可看作是对时间的精雕细刻以及对记忆的重新编织，可以说格非正是凭借对时间和记忆的深刻理解，营造出了中国当代文学史上最为瑰丽的诗意空间。

　　我曾经花了整整一年的时间才读完格非的长篇小说《欲望的旗帜》，相似的阅读经历此前只发生在我对伯格曼的电影剧本选《夏夜的微笑》的阅读中。那无比纤细、感性到令人窒息的爱情与欲望，撩拨着我敏感脆弱的神经，使我每次只读一点点就不得不停下来大口呼吸。读完《欲望的旗帜》后，我告诉一位评论家朋友："格非是一个被严重低估的作家。"多年以后，"人面桃花"三部曲的出现，充分印证了我的判断。如今，《相遇》使我们与格非再次相遇，那些在中国当代文学史上赫赫有名的篇章——《迷舟》《青黄》《褐色鸟群》《雨季的感觉》等吸引人们再度发现一个作家。深度的阅读意味着事实的呈现，格非的写作经得起时间最严苛的审视。

作为20世纪80年代先锋小说的代表人物之一，格非创作初期和他的同道们一样深受外国现代文学的影响。比如：《雨季的感觉》之于马尔克斯《没有人给他写信的上校》，《褐色鸟群》之于罗伯－格里耶《去年在马里昂巴德》，《迷舟》《马玉兰的生日礼物》之于博尔赫斯《交叉小径的花园》和《女海盗秦寡妇》……即使在先锋作家阵营中，格非亦属于形式感特别强的一位。他充满智性意味的书写，可谓得博尔赫斯之真传，但对普通读者而言难免过于艰难。《相遇》理应被视为这方面的巅峰之作，当几个叙事声部汇聚之时，高潮却奇异地消失了，这显示出格非独特而精准的节奏感和惊人的控制力。

格非的小说散发着浓郁的书卷气，这既来自深厚学养的浸渍，也来自故乡江南草木的氤氲。他本质上是一个李商隐

164

式的东方诗人，并自觉接续了沈从文、废名、施蛰存等前辈抒情小说的传统，重写意而轻写实，重氛围的营造而弱化故事逻辑。他的语言质地清澈，叙事幽深繁复，花非花，雾非雾，处处流淌出茂密的诗意。情感则饱满而节制，充满体恤和悲悯，"如得其情，则哀矜而勿喜"（《论语·子张》）。就像当你跟他交谈时，他的目光总是有力地迎接着你的目光，其真诚令人感动。

整个 80 年代，格非的小说创作基本沉浸在书斋式的玄想之中，《欲望的旗帜》以降，特别是 21 世纪以来陡然多了许多现实的沉重与疼痛。《蒙娜丽莎的微笑》可以看作是这一转型期的力作，熟悉当代文化史的读者不难认出，小说中的主人公胡惟丐身上明显带有 20 世纪 90 年代跳楼自杀的上海评论家胡河清的影子，而胡河清生前即是格非的好友。这部中篇小说浸透着亲历者追悼往事的哀伤，这是对 80 年代的凭吊，几乎是一曲沉郁的挽歌。可以说，这篇小说预示了格非后来的一系列写作，预示了《人面桃花》《山河入梦》《春尽江南》对于中国百年历史与现实的关切与进入，那始于草木葳蕤的忧郁，一发而不可收，终于变奏为力透纸背的苍茫。这个内心幽寂的中年男子迸发出的巨大激情，使他得以穿透历史的芜杂与晦暗，同时也理所应当地完成了内在自我的超越。

而当我们穿越时间的虚无与灰烬，再来回望《相遇》里的这些篇章，它无疑具有了一代人的精神编年史的意味。就像博尔赫斯诗歌里的月亮，"看它，它是你的明镜"。

《相遇》，格非著，译林出版社，2014 年 2 月出版

真人马原与《牛鬼蛇神》

　　那个叫马原的小说家回来了。像归隐已久的神猎手重返山冈，一出手便带回沉甸甸的猎物——25万字的《牛鬼蛇神》。最初听到这个消息，我感到非常的振奋。阅读《牛鬼蛇神》的过程，则充满了不虚此行的惊喜，以至于久久的触动。

　　几年前的一天，我通过朋友联系到马原先生。当时，是想请他为我策划的美国作家弗兰纳里·奥康纳的《好人难寻》一书做推广。我最早得知奥康纳的名字，就是因为马原在他文章中的推崇。电话打通了，没想到，他人就在北京，而且就在与我工作的出版社相隔很近的东单。从那以后，我们便开始了频繁的交往，有时一周能见好几次面，常在他办公楼下的"菜根香"共进午餐。

　　作为中国先锋文学开山者的马原，在我心中一度是个神一样的人物，但认识以后发现，他非常平易近人，平易近人到难以想象。可以说，他是我见过的最没有距离感的大家。记得刚认识不久，他有一次骑着单车到当时位于金宝街的新星出版社找我。临别时，望着他矫健的身姿，我情不自禁地拍了拍他的肩膀，赞道："这小伙子！"他憨憨地笑笑，对我的没大没小没有任何怪罪的意思。有时，他给我的感觉，的确就像一个亲密的儿时的伙伴，一个邻居大哥。他那种阳光大男孩般的气质，真是岁月无改、历久弥新。借用他对女人的最高评价，他给人的感觉就是非常——"舒服"。我相信只要遇见他的人，都会被他深深吸引。他是一个真人。这样的人，如沙里淘金。

那段时间，我一直怂恿马原继续写小说，并不是想约稿（我知道他的大作一旦出手，便会洛阳纸贵，轮不到我家小社吃喝），只是觉着他不创作小说实在是太可惜了，就像他说"奥康纳要是不做小说家，真是天理都不容"。对此，他一直未置可否，现在想想，很可能是因为他已经在创作《牛鬼蛇神》。那时，他跟我谈论最多的是另外的一个写作计划，一部类似于达·芬奇笔记的跨越人文与科学的作品。我们都喜欢怪力乱神的东西，所以谈得非常投机。他站在办公室里，慷慨激昂地跟我讲一些关于宇宙、宗教、人类的起源和未来等方面的奇谈怪论。我为他找了一位非常靠谱的临时助手来做记录，这些东西后来就变成了《牛鬼蛇神》中的"0"部分。在阅读《牛鬼蛇神》的过程中，我的眼前时常浮现出马原雄辩的姿势，他像一个布道者，令人仰之弥高。

借用《牛鬼蛇神》中作者对"李德胜"的赞叹，马原同样具有一种天赋，能够"随手抛掉真理和逻辑，直接就来到绝对面前"。他思维活跃，阅读量惊人，却很少受文化的污染，更没有名士的习气。他有做"教父"的资格和天赋，却不屑为之。他的智慧有如天籁，源于自然深处，甚至都不用返璞归真。"物种起源是〇到一，〇是无是空，空到有，这是物种起源。"这样的真理于他是信手拈来，听者却有如醍醐灌顶。"为什么两个人聊天的时候总会说到别人？"能够提出这样看似简单却匪夷所思的问题，真让人羡慕嫉妒恨。正是因为马原是一个极其聪明的人，所以他才对庄子寓言里的"日凿一窍，七日而混沌死"感受尤深，屡屡提及。马原对神秘主义抱有超乎寻常的兴趣，他对癌症持有的相融共生的态度则在某种程度上证明了道的存在。《牛鬼蛇神》的章节编码设计，不是按照惯常的一二三的顺序，而是按照三、二、一、〇的倒序。这种奇特的构思，也是与老子有生于无、归根复命的思想相通的。他的野心显然远不止于文学。

如果单就文学而言，在我看来，马原的写作充分体现了卡尔维诺所说的"轻逸"的精神。他的叙述从不胶着于存在，自始至终透着鲜活的呼吸。行云流水，不染俗尘。这种精神气质，属于西藏那片高原，属于海南那片"全中国最好的水"。从20世纪70年代的北京到80年代的拉萨、90年代的沈阳，再到21世纪的上海、海口、北京，马原一直在路上。从作家、教授生涯到因病而获自由身，因劫而获新幸福……马原的作品同他的人生一样大开大阖，传奇、精彩。

读完《牛鬼蛇神》后，我预感到这将成为一部充满争议的书，因为它给中国文学带来了新的难题。这是一部带有拼贴风格的作品，达摩流浪者般的两个中国男孩的故事、异教徒般的顿悟、许多过去作品的碎片和作家自传式的叙述镶嵌其中，成为一座巴洛克式的繁复而充满隐喻的迷宫，一座高迪教堂。就像宜家通过迷路制造商机，对于那些自以为对文学了如指掌的游客，欣赏和理解这部作品的美，绝非想象中的易事。甚至，它会成为他们阅读经验里的滑铁卢。据我揣测，在马原的心目中，这部书并不是他发起的一次对文学的进攻，更像是一次深情的回忆，一首浪漫的回旋曲。但这同时又是一个更大的圈套，这个圈套像巨大的涟漪，轻而易举地漾出了文学的池塘，形成与天地、宇宙同构的韵律。作为先知，马原借这部不可一世的作品，指出了小说艺术的有限而写作的无穷。这不仅仅是他的新起点，也是中国当代文学的新起点。

世界观和方法论，是人类认识、改造世界的两大工具，马原尤其看重方法论。他的小说实验，其实就是方法论在文学中的实践。认识不到这一点，就很难充分理解马原的意义。记得在我们相处的那段时间，曾经讨论酝酿创办一份名叫"方法"的杂志。与90年代曾出现的同名人文杂志不同，我们设想把它办成一个对人文主义进行反思的刊物。我们初步酝酿设计了相关栏目以及运作方法。但最终因为他和我都没有足够的精力，迟迟没能付诸行动。但我至今仍然坚信，这是一件非常有意义的工作。

在龙占川先生为《牛鬼蛇神》所做的序言中，列举了马原20年前对纯净水市场和房地产业的大胆判断，这些如此超前而又准确的预测，令人不可思议。但如果你熟悉了马原，你便相信，他做出什么都不必惊奇。他是一个蒙上帝恩宠的人，也是一个能给朋友带来好运的福星。对于读者而言，能在这样一个时代阅读他的文字，本身就是一种纯真的美事。

《牛鬼蛇神》，马原著，上海文艺出版社，2012年6月出版

微渺与寥廓的青鸟踪影

后世梳理 20 世纪末至 21 世纪初的中国文学史时,自然不会遗漏李敬泽这样一位重要的人物。毋庸置疑,他是舍他其谁的文坛领袖,对中国当代文学面貌的形塑起到了举足轻重的作用。几乎每个文学青年在奋笔疾书时都梦想得到他的赏识和肯定,都会把自己认为最好的作品投给这个人。

作为一名曾经李敬泽之手编发过小说的作者,笔者也曾有幸做过他《小春秋》一书的责任编辑,对李敬泽的气质和文风有着一定的体会。但我一度后悔答应书评编辑来写这篇《青鸟故事集》的书评,因为面对如此汪洋恣肆、天花乱坠的言说,就像观赏一场炫目的烟花,除了惊艳和赞叹,还要如何评说?《红楼梦》第三回中林黛玉过荣禧堂,抬头看到一副对联:"座上珠玑昭日月,堂前黼黻焕烟霞。"《青鸟故事集》带给我的感受就是这样,它几乎满足了我对一种迷人的文体的完美想象。

作为现实生活中文学主流审美的引导者,李敬泽的写作却完全是非主流的、非现实的。他推崇中国古代的类书、杂纂,心仪本雅明那样的引文写作,甚而将知识考古学的趣味与对历史的还原、虚构与想象融为一体,尽情地展示着写作的"奇技淫巧"。他书写的是别人写不了的世界，陌生的地名，偏僻的知识，奇崛的故事，庞大固埃式的人物，一言以蔽之——匪夷所思。这只需看看书的目录便可知晓一二："枕草子、穷波斯，还有珍珠""沉水、龙涎与玫瑰""布谢的银树""巨大的鸟和鱼"……于是，赶着狮子留守中国四十年求觐的阿拉伯商人，十三次被俘、十六次被卖的葡萄牙冒险家，在漓江岸边观察鸬鹚的外国囚犯，对着利玛窦自鸣钟给怀表上弦的清廷大臣以及无数冒险家、传教士、窃贼和流浪汉……这些历史深处幽暗的背影，被他一一招引出来，风尘仆仆，千奇百怪，活力四射，过目难忘。作者仿佛在煞有介事做着比较文学中的形象学研究，在他者的言说中辨识出他者的影子。而影子的影子，正梦见自己做着的梦。是的，有如博尔赫斯。

李敬泽的文字将读者带入宛如聚斯金德《香水》中的巴黎那样重口味的汉代长安，又随着李商隐诗中的青鸟穿过唐朝的黑夜，抵达契丹人的汗八里，抵达响彻着利玛窦的自鸣钟钟声的紫禁城……这是西方与东方的相逢，事实与虚构的相逢，如青鸟穿越时空的踪影微渺而寥廓。李敬泽就像卡尔维诺笔下的马可·波罗，将一座座看不见的城市一一指给人看。累范特的神秘斑驳，东亚的优雅贞静，水乳交融地汇合在一起，充满了奇异而微妙的张力。

《青鸟故事集》不仅是一本奇妙故事集，更是一个词与物编织而成的万花筒。它使我想起美国汉学家谢弗的名著《撒马尔罕的金桃》（又译《唐代的外来文明》）。通过对舶来品的名物考证，探幽久远的历史生活现场。也正是今天这个物质空前繁盛的时代，唤起了人们对过去之物的巨大热情。物随时间流逝，随人物辗转，甚至比梦想走得更远。就像法国人还没到过中国，丝绸已开始装饰法国贵妇人冶荡的形体。在与丝绸之路媲美的香料之路上，"中古世界最优雅、最精微的精神生活徐徐展开"。抹香、沉水、珍珠、自鸣钟……从丝绸到摇滚，从物质到词语，舶来品改变着现实与精神世界，带给人沉浸其中不能自拔的氛围。这是声色的世界，身体的世界，欲望、情感、记忆与想象的世界。

　　这种写作显然不仅属于文学，同时也是学术的。学术往往比文学更多长驱直入的洞察，展示出世界远为丰赡的真实，从而对文学写作产生难以估量的影响。最明显的例子，莫过于列维－施特劳斯的《忧郁的热带》启发了马尔克斯写作《百年孤独》。在《青鸟故事集》后记中，李敬泽坦言自己的写作受到法国年鉴学派代表人物费尔南·布罗代尔《15 至 18 世纪的物质文明、经济和资本主义》（当然还有《菲利普二世时代的地中海和地中海世界》）的启发。在 20 世纪 90 年代长江三峡的轮船上，布罗代尔使李敬泽意识到"在百年千年的时间尺度上，真正重要的是浩大人群在黑暗中无意识的涌动，是无数无名个人的平凡生活，他们的衣食住行，他们的信念、智慧、勇气和灵感，当然还有他们的贪婪和愚蠢"。这几乎是"人民文学"的应有之意。

李敬泽深知"撰写这样一本书是一种冒险——穿行于驳杂的文本，收集其蛛丝马迹、断简残章，穿过横亘在眼前的时间与遗忘的沙漠，沉入昔日的生活、梦想和幻觉"。他看到，"人类在海上寻求知识就像追寻实物的影子。在沉寂中，人发出声音，他们讲述影子的故事，为自己提供想象的知识。——此时，那真正的事物已经游得很远了"。

翻译改写了世界景观，人们把想象翻译成现实，把现实翻译成想象，也把东方翻译到西方，把西方翻译到东方。但是，不妨化用亨廷顿那句"文明的冲突不可避免"的名言，文明的"翻译"几乎不可能实现。在重重有色眼镜和误读之下，那只是"看来看去的秘密交流"，充满诙谐和无奈。人们可以还原历史的真实或虚幻，却难以做出唯一的价值判断，因为历史就是人类百感交集的生活。

李敬泽行文有着庄子的宏阔，又充盈着卡尔维诺所说的轻逸的精神。他已经写下了足以传世的美文，而这些篇什只是他规划的一部更大的书中的一部分。可以想见，许多年后，李敬泽曾经提携过的许多大红大紫的作家都已被时间淹没，但他的文字依然被人阅读和激动人心。人们还会注意到他对《左传》

《史记》《论语》《孟子》等经典的热情，透露出理所当然的春秋大义和庙堂之气。不开玩笑地说，在阅读他的文字过程中，我总在提醒自己，审视和打量这个人，要站在时代和国家背景之下。他仿佛来自他笔下的庞大国度，就像他借马尔罗的生平指出一个史诗人物的必要背景：巨人行走在大地上。因此，《青鸟故事集》也让我看到李敬泽的复杂，他像汉代的人一样"做梦都是阔大的"，又像宋代的人一样写瘦字。"异国名香满袖薰"，他应该是安妮宝贝笔下那种富有魅力的美少年般的中年男子吧。当我下意识地搜罗自己的记忆，总共认识三个用香水的男人，其中好像没有李敬泽。

最后想说的是，笔者也曾经花费数年之久的时间用来收集和阅读明清在华外国人的游记、书信、日记等资料，梦想写出与此相关的一部长篇小说，却始终苦于未能找到一种叙述的腔调。《青鸟故事集》对我大有启发，这是我要特别感激此书之处。

《青鸟故事集》，李敬泽著，译林出版社 2017 年 1 月出版

北洋秘密社会大观

电影《让子弹飞》中有这样一个桥段——张牧之与义子小六畅想未来，说将来要送他出去留洋，东洋三年，西洋三年，南洋三年。六子急道：北洋，北洋三年。张牧之笑了：傻孩子，你就生在北洋。今天的人们对于北洋的无知，自然还要远甚于身处其中的六子。北洋更多是一个历史概念，而不是西洋东洋那样的历史地理学概念。前几年流行民国热，进而有人怀念起北洋来，据说那是知识分子的自由时代。老实说，笔者真看不出那个时代有多好。那是一个不折不扣的乱世。当一个王朝覆灭，一个现代国家还没有建立起来，人命贱如草，各种血泪模糊。过去，人们习惯将包括北洋在内的新中国成立前统称为旧社会。社会之新旧，其实是生活内容的不同。旧社会自然也有光天化日，但更不乏太阳照不到的黑暗之地，那便是充满神秘又令人生畏的地下社会，或曰秘密社会。

《北洋夜行记》讲的就是北洋时期的地下社会传奇，或曰江湖故事。市井狭邪，五花八门。作者借助一个杜撰出来的"夜行者"职业，将各种稀奇古怪、耸人听闻之事贯穿起来。所谓"夜行者"，就是一个介于侦探与记者之间的行当，专门调查一些离奇的案件，有点类似于今天的独立调查人、特稿作者，总而言之是非虚构写作的先驱。就书中所描写的这些案件本身而言，尽管已经足够离奇恐怖，如采生折杀、活人祭祀等等，但实际上已经不可能震惊到今天网络时代见多识广的读者。在我看来，这本书能立得住，很大程度上是因它的做旧感。它挖掘和复原了许多鲜为人知的秘密社会的行业规则，堪称一部叙事体的江湖丛谈。太监、妓女、强盗、乞丐、流民……这些大历史角落里的边缘身影在书中蜂拥而出，浩浩荡荡如百鬼夜行。这时有心的读者自会发现，儒家的伦理秩序原来只发生在礼制层面，中国更为浩大的民间意识世界则充满了怪力乱神，芜杂、滂沱，一言难尽。

这本书有一个鲜明的特点，即这是一本做出来的书，一本好玩的书。大量图片、地图甚至仿剧照的插入，煞有介事地制造出一种真实感。陈独秀、袁寒云、周氏兄弟等历史名人闪现其中，他们既为作者直接提供了写作资源，同时也推动着叙事的进行。甚至，他们几乎在为这本书的真实性代言。

在这本书的后记中，作者金醉表达了对美国汉学家柯文关于义和团运动研究的名作《历史三调》的推崇。所谓历史三调，即事件、经历与神话，强调的是同一历史事实的三重维度。传统的观点通常认为历史是天经地义的事实，而今天的研究者越来越多地意识到事实并非那么确凿无疑，历史很多时候是一种叙事。没有自足的历史，只有被叙述的历史。作者自陈"更关心错综复杂和没有经过学者合理解释的历史事实——当时当地人的经历"。这构成了这本书的基本写作策略：还原历史现场，让在场者说话。历史是由无数无名者的生活构成的书写，这书写便是作者所谓的"皇皇史书里的毛边、历史车轮上的泥垢、时代主线边缘的墨点"。叙述者无须对历史作出价值判断，价值就存在于叙事中。

小说家不是历史学家，只是撬开历史的缝隙以夹藏私货。小说家是内容的偷渡客和走私者，而浩瀚的材料就是一片辽阔的公海。材料有三种处理方式，一种是柯文式的学术式书写，一种是莫言《檀香刑》式的文学书写，还有一种就是像这本书式的故事书写。这本书的魅力很大程度上正来自材料毛茸茸的质感，原生态的故事性。普通读者无力耙梳那些黯淡故纸，因此需要依靠小说家来转述。钱锺书曾讥讽史景迁是半个小说家，但史景迁的叙事可能要比钱锺书高级得多。小说家不需要精通历史，只需要精通叙事。柯文曾说："过去的经历者不可能知道历史学家知道的过去。"唯有小说家可以令历史起死回生。

《水洋夜行记》的作者在后记中流露出的知识分子态度，颇令人感动。他举例建筑打生桩的传说，活人生祭打入地基，让我想起孔飞力的《叫魂》。他说，"这些生祭品是微不足道的，是历史长城砖缝里的骨头","如果说《北洋夜行记》编排和敷衍历史是别有用心的，那么这个用心很简单，就是想关心一下砖缝里的骨头"。历史的骨头是硬的，好在人心是软的。

《北洋夜行记》，金醉著，长江文艺出版社 2017 年 9 月出版

等待，到等待为止

最近又开始看哈金的《等待》。从 2002 年此书出版，这可能是第四遍了。

这个阅读次数，在我读过的中国作家写的长篇小说中是绝无仅有的。

这样说并不准确，因为哈金已经是美国人了，《等待》是从英语翻译过来的，这是一部英语小说。还好，故事是中国的。

《等待》讲的是什么故事？

简单地说就是：两个相爱的人为了结合（只能用这个词，结合），努力了十八年，最后终于生活在了一起，却没有了爱情。

这十八年里，这个叫孔林的男人每年都回到家乡同妻子离婚。他的恋人老姑娘吴曼娜，也一直等待了十八年。

孔林一次次回家离婚，同许三观一次次地去卖血的行为相仿，有着同样轻巧的节奏，而主题无疑都是沉重的。

节奏产生于有意的重复，重复是小说叙事中最迷人的东西。

我也写过这种"重复"的东西，那是在小长篇《漫漫无声》中，一对同床异梦的年轻夫妻为了完成生儿育女的光荣使命，一次次地去医院看病。结果是：他们被现代医学宣判为绝育，却被一张毛片催生出了婴儿。

《等待》有着《红字》一般的古老的忠诚。不是对婚姻的忠诚，而是对爱情的忠诚。和《红字》一样，这也是一个寓言。

《等待》的故事发生在严寒的东北，它的语言有着和那片土地合一的质朴、粗粝与宽厚。

《等待》的故事发生在改革开放前的中国，也许忠诚只能在这样一个年代存在。

吴曼娜很早就想把自己的身体献给自己的爱人，可是却遭到了他理智的拒绝。他们在艰辛的等待中，对两个人的未来充满信心。这种共同的愿望，让两个人心中充满厮守般的温暖。

可是有一天，吴曼娜突然被强暴了。哈金直截了当地写到了性器的进入，丑陋、狭邪、"像驴一样挺着"、"像狗一样踮着脚抽送着"，不堪入目。

身体的受辱使两个相爱的人爱得更英勇，但也平添了爱的萧索。他们相互勉励，继续等待，终于战胜了"第22条军规"似的"夫妻结婚满十八年才准离婚"的上级规定，迎来了共同生活。

可只有在这时候，时间才真正显现出狰狞的面目。他们赢得了胜利，却丧失了爱的激情——"有一次，她说了实话：我也不知道咋整的，心里特别的难过。要是咱俩20年前结婚就

182

好了。"

哈金断断续续地写道："时间证明不了任何东西。实际上，你从来没有爱过她，你只是一时冲动罢了。对于爱情，你究竟了解多少？你在娶她之前真正了解她吗？你真的认为她就是你愿意相伴终生的女人？你现在说实话，在你认识的女人中，你最喜欢谁？"

"没错，你是等待了 18 年，但究竟是为什么等？他感觉脑子里一片空白，不知道如何回答。这个问题令他害怕。它暗示他等了那么多年，等来的却是一个错误。"

是错误吗？

真切事转觉难说……

《等待》，哈金著，湖南文艺出版社 2002 年 11 月出版

第三辑

观看与被观看的目光

今天，人类所处的文化时空已不仅仅是读图时代，而且进入了一个视觉书写的时代。其重要表征是：摄影已经变成随时随地的文化行为，在很多热衷自拍的白领那里，它甚至比文字的书写更为常用。由于摄影（以及摄像）的空前普及和互联网发表的便利，可以想见这个时代将给未来留下天文数字级的视觉文献，甚至超过此前所有时代的视觉文献总和。马克·吕布似乎很早就意识到这点，他遗憾自己曾做过长时期的文字工作，如果再有选择，他宁愿选择一直不停地拍摄。那么，问题就来了，在这个人人皆可从事视觉书写的时代，是否还需要摄影家？或者，摄影是否还能作为一门值得尊重的艺术存在？

早在公元前4世纪，柏拉图在《理想国》中描述的"洞穴之喻"其原始含义就已关涉人与影像的关系、人与观看的关系。从知识形成的历史来看，观看先于言说，观看本身就是言说的一种。观看确立了人在世界中的位置，在观看与被观看的目光触及之处，世界如梦方醒栩栩如生。而借用苏珊·桑塔格的说法，摄影就是"挪用所摄之物，意即将自己投入到与世界的某种关系之中去"。人为什么要通过镜头来看世界？是因为人希望看到有深度的影像，借以帮助自己更深刻地理解人和世界，进而建立自我与世界的关系，并从中获得智慧与美德的教益。正所谓"视觉所及之处，心灵必能到达"（汉斯·乔纳斯语）。

作为在特殊时期（1957年）有幸获准进出中国的极少数外国摄影家中的一员，马克·吕布的作品连缀起了中国半个多世纪的历史。从20世纪50年代到90年代的商品经济大潮，再到布满后现代主义奇观的21世纪，马克·吕布都是中国最有力量的见证者和记录者之一。摄影在中国曾经长期作为一种仪式存在，马克·吕布明哲保身的态度保证了他在中国漫长时间的创作。即便如此，他还是把个人视角带给了中国摄影界，对中国当代纪实摄影产生了巨大而持久的冲击。在他拍摄的中国照片中，最著名的莫过于1965年的《琉璃厂大街》。他通过古玩店橱窗观看外面的街道，街景和人物被窗口几何分割成不同的舞台，酷似话剧剧场，而呆滞的人物有如木偶。

在马克·吕布的镜头下，时常存在一种幽默而奇妙的身体的对偶关系。比如古巴两个前凸后翘的女人，荷兰两个蜷缩在车座里的妓女，马德里普拉多博物馆两名被大卫雕像隔开的清洁女工，英国一个昂首的绅士和一个俯身的绅士，以及肯尼亚高原一大一小的两只长颈鹿……他拍摄的印度排灯节（屠妖节）现场，三头六臂的神与四仰八叉的人体形成对偶，不言而喻地说明这是一个人神杂处的世界，而东京三个女性的手臂所形成的空间关系则展示了纤细入微的东方之美。

摄影就是相遇的故事，这相遇发生在布拉格和巴黎两个年轻女孩和图像中的自己之间，发生在希腊一名神父和一个穿着暴露的女子之间，也发生在中国太原一名民工与美国纽约墙壁上的涂鸦人物之间，当然也发生在华盛顿反越战游行中鲜花与枪口的著名对峙中，甚至发生在土耳其荒野中一只乌龟与一辆轿车的擦肩而过中。而在几内亚的科纳克里法属殖民地遗址，两尊不知出处的残破雕塑——一位正给孩子喂奶的妇人与一位峨冠博带的男子背对湖水割席而坐，简直是令人拍案的奇遇，这让人不由想起《三言二拍》里洞庭湖渡船上的那些萍水相逢的商人和妇人。在墨西哥海滩，少年抱着一只鸡趴在地上，远处卧着一只狗，近景坐着一个不知所云的中年男子，他们仿佛来自库斯图里察的《流浪者之歌》。土耳其导演努里·比格·锡兰在其时长3个多小时的力作《冬眠》中展现了卡帕多西亚外星球般奇异的地貌，并借此片获得2014年戛纳金棕榈奖。翻阅《我见：马克·吕布纪实经典》，笔者惊讶地发现早在1955年，马克·吕布即已到达这里。他的足迹遍布这个星球，阿富汗、刚果、加纳、尼日尔和、德黑兰、莫斯科、吴哥窟、硅谷这些城市……他漫游的目光"有时带着温柔的乡愁，有时甚至是直白的讥讽"，却总能"化远为近，让他乡成为日常"（安德烈·维尔泰语）。

摄影是光与影的魔术，快门按动的同时，也是内心灵机闪动的瞬间，让"日、夜、镜子都染上魔力"（安德烈·维尔泰语）。在马克·吕布的镜头中，荷兰运河有着恍若黑白琴键的光影律动，上海外白渡桥钢铁几何结构的倒影呈现出齿孔胶片的质感。他拍摄的黄山深得中国山水写意之神韵，几可媲美郎静山先生的同类作品。这充分显示出他对东西方审美的宽阔理解。马克·吕布的相机既对准被拍摄之物，又对准拍摄者，对准那些在长城、天安门及东京、巴黎、尼泊尔、土耳其等地按动快门的无名氏。"凡照片都是消亡的象征，拍照片就是参与进另一个人（或事物）的死亡、易逝以及无常当中去。"（苏珊·桑塔格语）这些无名的拍摄者同样参与了图像的历史，默默地改变着知识与想象的世界，犹如"即使最平常的景深，也包含了一丝若有若无的希望"（安德烈·维尔泰语）。

在有的作品中，马克·吕布直接把镜头对准眼睛。读者会发现1969年的越南北部的儿童同1965年的北京孩子长着同样的眼睛，澄澈、呆滞的目光来自同样未被观看、启蒙的心灵。而中国巨幅商业广告牌上美丽的大眼睛和捷克广告牌上一双撕裂的眼睛，在诉说着各自心灵的空洞与疼痛。只有一次，马克·吕布把镜头对准了自己，那是在一名荷枪实弹的刚果士兵佩戴的太阳镜里反射出的自己，一个清醒而隐蔽的观察者的形象呼之欲出。

一本摄影集远比单张摄影作品复杂，因为"一本书中的照片显然是一种形象的形象"（苏珊·桑塔格语），它涉及了观看的顺序，影像实际是在以页码的方式编年。有意味的是《我见：马克·吕布纪实经典》只有顺序，却没有页码，所有照片都没有标题，全书除去序言和后记也再无说明文字。只要装订成册，就自然产生了顺序，而不设页码和标题等举动表明了作者和编者不得已而为之背后对待影像的独特态度。这不仅仅是一部物象的汇编，也是时光的档案，使流逝之物得以挽留，并且重组了时间。在这本流动的时光册所定格的最后一幅照片中，沙特阿拉伯沙滩上一串脚印一直延伸到海边写有 END 字样的警示牌边，似乎寓意着所有的发现都是从停止之处开始。

《我见：马克·吕布纪实经典》，［法］马克·吕布著，孟蕤译，世界图书出版公司北京公司 2015 年出版

解码文艺复兴艺术

　　1492 年，达·芬奇离开混乱中的佛罗伦萨来到米兰，写信向米兰公爵卢多维科·斯福扎求职。信中，他列举了自己的十项成就，其中绘画和雕塑居于最后，前面九项都是军事技能，如攻城伐寨、桥梁速建、石弩炸弹等等，令人瞠目结舌。1860年，瑞士历史学家雅各布·布克哈特在《意大利文艺复兴时期的文化》一书中提出了一个万能人（Uomo universale）的概念，现代意义上文艺复兴人的概念亦源于此。达·芬奇是文艺复兴人理所当然的代表，而布克哈特所举的范例则是早达·芬奇 50 年的阿尔贝蒂，后者同时是画家、音乐家和作家，能双脚并拢跳过人的头顶，将苹果扔过佛罗伦萨教堂，标枪无敌，射箭则能穿透盔甲。无论是阿尔贝蒂还是达·芬奇，抑或是同样多才多艺的米开朗琪罗，这些近乎全能的文艺复兴人，很容易让人联想起古希腊、古罗马神话中那些半人半神的英雄，而文艺复兴一词的原意，就是指的"希腊、罗马古典文化的再生"。旧思想（古希腊古罗马）产生新艺术，更产生了一种万能的新人。

　　文艺复兴的历史激荡着动人的激情，它不但致力于恢复古代"纯洁质朴的光辉"（彼得拉克），更是一次人文主义的解放运动。像贡布里希指出的那样，此前从 3 世纪到 13 世纪将近一千年里，艺术与可见世界的联系是极其微弱的。而在文艺复兴中，"艺术家不再着力于表现一个象征性领域，而重在描绘我们生活、呼吸于其中的世界"（理查德·斯坦普语）。艺术在中世纪只是取悦于神的技艺，类似中国中古时代的大量宗教壁画和雕塑。人们不知它们的作者是谁，没有艺术家，只有匠人。文艺复兴使艺术家成为艺术的主体，伴随着的是艺术本体化的完成。工作室制度、赞助委托制度共同促进了文艺复兴的创作。琴尼尼自述师从伽第长达十二年，达·芬奇据传曾是委罗基奥的学徒。乔凡尼援助重建圣洛伦佐教堂，米开朗琪罗在美第奇家族赞助下创作了著名雕塑《大卫》，乌菲齐美术馆、碧蒂宫、佛罗伦萨主教堂都是美第奇家族的印记。与此形成交换的是，很多赞助者的形象被画进作品中，因此而不朽。这情况有些类似于敦煌艺术中的供养人。

今人在仰望文艺复兴艺术的光芒时，未尝不觉古不可攀。最明显的例证莫过于我们只看到蒙娜丽莎的微笑之美，却不知道因何而美。文艺复兴时期作品中出现的大量符号和象征，令普通人畏而止步。那些错综复杂的宗教、文化、风俗等知识，曾经是文艺复兴人日常生活的一部分，但早已失传，以至于我们面对一幅幅作品如一个个压缩文件，需要重新解码，才能一窥堂奥。理查德·斯坦普的《文艺复兴的秘密语言》一书，可以看作是一个很好的解码器。读罢此书，你也会明白所谓"达·芬奇密码"绝非完全空穴来风。

文艺复兴艺术发展起了一套象征的符码，比如透视、光影、几何、比例，加上徽标、缩语、手势、服饰和数不清的物象，足以令人眼花缭乱。如白绿红三色代表着信望爱三种美德，天穹十二等分象征一年十二个月，以及耶稣的十二个门徒，耶路撒冷的十二道城门。四个穹隅与四季有关，也代表四福音书。七个音阶对应七个天体，一个星期；而希腊字母阿尔法和欧米伽，则寓意着上帝的永恒："我是首先的，我是末后，我是初，我是终。"（《圣经·启示录》）一幅画就是一部书，需要认真研读，且同样充满思想。如安布罗吉奥·洛伦泽蒂《好政府与坏政府的寓言》承袭了柏拉图《理想国》里的四枢德，反映了锡耶纳政府所代表的有限的民主，传达出公平、公正、共和与善治的政治理想以及对暴政的尖锐讽刺。像雅各布·迪·乔内的《圣母的加冕礼》、拉斐尔的《雅典学院》《圣礼的争辩》等作品，则都可看作是百科全书式的杰作。

文艺复兴的艺术创新有着深切的自觉意识，同时也沐浴着神恩。切尼尼在《艺术指南》中讲述：绘画需要幻想和灵巧的手工，来发现和制造隐藏在真实事物背后的见所未见的永久的东西，来证实并不存在的事物。达·芬奇则认为绘画的科学性也就是神性，它转化画家的心智，使之相似于那神圣的心智。

"创作平衡有序的绘画和建筑的原因之一，是试图恢复上帝之创造的含义：几何与对称本身就蕴含着某种神性"——在文艺复兴人的思想中，"这种和谐就是神与万物同在的一种迹象"（理查德·斯坦普语）。

蔡元培曾比较中西方绘画的区别说："中国之画，与书法为缘，而多含文学之趣味。西人之画，与建筑、雕刻为缘，而佐以科学之观察，哲学之思想。故中国之画，以气韵胜，善画者多工书而能诗。西人之画，以技能及义蕴胜，善画者或兼建筑、图画二术。而图画之发达，常与科学及哲学相随焉。"（《华工学校讲义》）文艺复兴时期的大师多是学者与工匠合二为一，或者说文艺复兴犹如给匠人之手吹入灵魂。在这个过程中，科学实证发挥了极大的促进作用，比如空间透视方法和灭点的发现，使画面的空间关系更加真实，也更富有秩序和理性。众所周知，达·芬奇曾做过大量人体解剖实验，安东尼奥和皮耶罗·德尔·波拉伊奥罗的《圣塞巴斯蒂安的殉难》中则能看到皮肤下面的肌肉、骨骼甚至静脉和肌腱。

值得一提的是，理查德·斯坦普在读解四十余件经典作品之余还指出了创作与物质的关系。如群青这种产自阿富汗的颜料在绘画中比黄金更为昂贵，因此只用于画中最重要的部位，作为尊贵地位的标志。佛罗伦萨和威尼斯艺术家的不同在于前者注重线条，后者更关心色彩。原因是威尼斯得天独厚的贸易位置意味着威尼斯艺术家可以用上更多颜料，地理环境使威尼斯的阳光特别明媚，"天空既有阳光下彻，运河又将光线反射到建筑物上，城市丰富的色彩是日常生活的一部分，也反映在绘画作品里"。这已从图像学进入了艺术考古学的领地，唯有还原现场才能理解如何发生。

《文艺复兴的秘密语言》，[美]理查德·斯坦普著，吴冰青译，北京时代华文书局2015年2月出版

火中生莲华

1978年春天，已是85岁高龄的历史学家洪业接受晚辈陈毓贤的请求，每星期与她进行一次谈话，口述自己的人生经历。到他去世前，两年内积累了300多小时的录音。于是，就有了这部珍贵而又精彩的《洪业传》。

作为燕京大学历史系主任和燕京学社引得编纂处的创建人，洪业的一生治学与交游都与中国近百年来的历史有着极丰富而深远的关联。因此，《洪业传》不仅是一部学者的生平回忆，更为观察近代中国思想变迁和知识分子的选择提供了一个视野绝佳的窗口。

洪业与顾颉刚生卒同年，两人同为中国史学现代化的开创者，但世人多知道顾颉刚，而不知洪业。有学者认为，以实际学术成就而论，洪业绝不逊于顾颉刚。洪业1923年留美归国后，便响应梁启超与胡适"整理国故"的呼吁，加入顾颉刚、钱穆、傅斯年等人的行列。洪业一生最大的贡献在于编纂燕京学术引得丛刊，将浩如烟海的中国典籍纳入历史文献层面，开辟了中国史学研究的现代格局。在数字检索时代之前，这可谓是一项壁立千仞的工程。除此之外，洪业的《春秋经传引得序》

《礼记引得序》等著作皆为现代文献学研究的典范之作,《杜甫:中国最伟大的诗人》至今被海外推崇为杜甫研究的最具权威性著作。洪业不仅著作等身,门下更培养出了郑德坤、齐思和、瞿同祖、周一良、聂崇岐、侯仁之、翁独健等一批大家,各自担负起重估中国文化、建设现代史学的事业。

与20世纪的多数中国知识分子相比,洪业的一生相对平静而幸运。他少年即负笈北美,得以较早适应西方社会文化。五四时期不在国内,无须在新旧文化之争中做出痛苦抉择。抗日战争时期,虽坐过日本人的牢,但没有遭受酷刑,也未至于饥寒交迫、走投无路。晚年身在大洋彼岸。这一切都使得他的精神世界保存得完整而坚固,既免于事实与价值之间的分裂,又免于内心的扭曲和破碎。

洪业一生虽奔走于风雨飘摇之季,但从容练达,进退有据。这得益于基督教义的慈训和儒家君子人格的养成,亦饱含着智慧与禅机。洪业号煨莲,取自英文名字威廉的谐音,同时,这个名字显然与佛教著名典故"火中莲"不无关联。《维摩诘经》云:"火中生莲华,是可谓稀有。在欲而行禅,稀有亦如是。"寓意身处红尘浊世却不为其所羁绊,超越凡俗而入清凉境界。白居易亦有诗曰:"浮荣水划字,真谛火生莲。"儒者与基督徒的双重身份,使洪业得以汇通中西文化与信仰。他相信朱熹理学所讲的"天良"即上帝,也反对"国学研究"这个概念,认为学问没有国界。日据北平时期，他身陷囹圄，敢于直陈抗日思想。"文革"前夕，他在哈佛读到大陆批孔的言论，气愤之至，居然跌倒把头摔破了。为捍卫自己的文化信念，表达对摧毁者的抗议，他发誓再不踏上自己魂牵梦萦的故国半步。这些与其说是文人气节的表现，毋宁看作是信徒对"义"自觉的成全。

洪业为人温柔敦厚，总是不遗余力地帮助朋友，奖掖和举荐新人。他还信奉"罪疑惟轻"的古训，对前人不肯稍涉轻薄。有学者赞其"宅心之忠厚，真足以风今世，学问的深湛尚是余事耳"。洪业评价杜甫时曾说"所谓诗圣，应指一个至人有至文以发表至情"，所谓至人至情至文，洪业先生本人也堪此誉。洪业奉行"三有与三不"的人生原则：他对"统治人民造益国家"有兴趣，但不想做政府官员；对宗教有兴趣，但对教会持保留态度，不想做牧师；对教育感兴趣，但不肯做校长，只想做教员。他希望自己做到"有守、有趣、有为"，在"三有"之间保持平衡。这使得他既通透圆融、进取有为，又遗世独立、超然物外，这独特的人格魅力征服和感染了许多人，反之又增益于他的幸运。

1980年，洪业请回中国探亲的陈毓贤夫妇替自己去看看燕园他心爱的一株藤萝还在不在，藤萝早已不在，他的旧居也分给了几户人家居住。洪业还向来访的大陆学者问起80年前自己在父亲做官的济南见过的一处泉水，听说还在潺潺不停地流着，感觉非常奇妙，但随即感伤道："恐怕不久也过去了。"这已是一个悲观主义者的黄昏。就像洪业曾经致力的"引得"（Index），已经因计算机检索的兴起而过去，他那一代知识分子也已随着时光过去；但文化的活水愈近源头，愈见清冽，我们温习洪业这一代知识分子的学思与心路的历程，其实就是对历史和认知的更新，以此得以获取思想与气血的潺湲不断。

《洪业传》，[美] 陈毓贤著，商务印书馆 2013 年 2 月出版

他者的中国史

　　海外中国研究素为国内学界和读者重视，渐成显学之势，原因除了材料的丰赡以及写法上往往别开生面之外，首要在于他者的言说更宜作观照自我的镜鉴。身处中国的我们却往往忽视了所谓"中国"，其实于自己也是他者。当我们谈到"中国"时，其实是在谈论某一时空的文化共同体，它是流动不居的，而绝非固定的。不是"天不变道亦不变"，而是疆域屡屡变迁，文化也处于不断变迁之中。所谓的中国传统，本质上其实是一种变迁的传统，正如汤之《盘铭》所载："苟日新，日日新，又日新。"中国一方面极其保守，另一方面又极善于变通，不断吐故纳新，把异质整合进自身传统中。我们面对芜杂的中国历史时的无从把握，很多时候是出于对这种既稳定又多变的文化性格的无所适从。

　　被誉为美国头号"中国通"的费正清，自是深谙中国传统与变迁之道。诚如百度百科的介绍，他关于中国问题的许多观点在西方外交界和史学界产生了巨大而深远的影响，而他主编的皇皇15卷本的《剑桥中国史》对中国学界的影响，亦无须赘言。《费正清中国史》（即《中国：传统与变迁》）在一定程度上可以看作是《剑桥中国史》的一个缩写本，一次压缩扫描。

作为一部通史，时间上的纵深是必不可少的。与许多通史相比，《费正清中国史》更值得注意的是它横向的宽度。此书是在世界视域内观照中国，从而有着国内通史中很少出现的诸多比较。如它提及西亚出现古代文明基本要素的时间远远早于东亚，泰国北部的青铜器文化早于西亚，黑陶文化则显示来自西亚的影响已经进入华北地区。这些看似无足轻重的细节，都带给人跳出中国中心论观看中国历史的异样触动。旁观者清，费正清几乎是轻而易举地看到中国社会的基本单位是家庭而非个人、政府或教会，看到中国产生惰性的原因在于统治阶级的世界观或自我心像，而这些都深刻地影响了中国的政治文化形态与面貌的生成。

《费正清中国史》行文虽简，但不放过历史的任何关键节点。如公元751年，高仙芝在怛罗斯之战中被大食人击败，标志着中国对中亚控制的结束。这同时宣告汉族政权最后一次扩张的结束，从此转向收缩。如此重要的事件，其意义在坊间众多中国历史读物中却很少提及。再如，他大胆地将唐拦腰斩为两段，将盛唐和晚唐分别归入古代和近代，原因是晚唐与此后一千年中国文化的一体性。费正清写道："随着摒弃外来宗教和面对异族入侵时的节节败退，中国逐渐失去了六朝和盛唐时的世界主义思想和文化宽容态度，代之而起的则是狭隘的民族中心主义思想。"这体现了研究者颇具大历史观的卓越洞识。

历史研究的使命在于揭露真实，但多数情况下，真实其实是达不到的，甚至只有关于历史的叙述，没有真实的历史，因此对历史的阐释显得尤为重要。历史的诡黠在于其所因循的规律并非自然法则，历史的走向也不是简单的因果律所能决定的。在费正清看来，中国缺乏进取，每一次变化都是外力的结果，即著名的冲击—回应模式，这大致可以对应哈贝马斯的"实然"与"应然"。中国长达八百年的超稳定结构，是因为"中国政治社会思想在 13 世纪形成了一种平衡，且在当时思想技术条件下达到完美的程度，这种完美的平衡到了 19、20 世纪在经受了外界的剧烈破坏和撞击仍未完全打破"。而中国的落后也正是因为这种稳定，"当外界压力增强时，中国便暂时做出应对，危险过后依然故我"。与日本相比，同样经历坚船利炮，中国没有类似明治维新的改革，没有迅速的现代化，"是因为中国社会十分庞大，组织亦极其稳固，因而无法迅速转化为西方的组织模式"，"若不彻底摧毁旧的社会结构，就无法建立起现代化的中国"。从这一点上，我非常认同译者张沛在此书译后记里的概括："变迁是传统的前景，前景是变迁的归宿。"

费正清深知"中国历史并非发生在中国一切人的思想观念，而是发生在中国人中的思想观念"，因此格外关注大历史背后的思想资源与动机。中国历史上曾有两次大规模的外来文化进入，一是东汉至隋唐佛教的传入，另一次是晚清以基督教文化为先导的西学东渐。佛教文化成功地实现了中国本土化，而基督教文化却没能如愿，特别是科学的意识形态化，是一个大可商榷的问题。传统文化的很多内容因不够科学而遭"扬弃"，这在某种意义上可以视为生物进化论的社会科学化，"解释演化的真义，阐明纷繁复杂的历史事件"。马克思主义似乎为迷路中的中国提供了解决中国一切问题的一套完整理论，而苏俄的成功，又为中国革命道路提供了方法。

从天下正中到万国一员，从民族国家到社会主义新邦，中国历史事实的变迁对应的是一系列国家观念的变迁。在历史最近的一次大的选择契机中，"革命以乌托邦社会为目的，乌托邦以革命为表达方式"（金观涛语）。中国主流话语习惯于将革命的胜利叙述为民心向背、得民心者得天下的结果，反倒应和了古代的天命配德之说。除非将今人正在经历的历史视为一个尚未完结的大历史循环中的一部分，否则很难释怀这桩迷思。

像汤因比《历史研究》中所写："追求历史的好奇，不仅是一种知识的活动，而且是一种感情的体验。"即使通过费正清冷静的他者的目光，读者仍然可以抚摸到中国历史的体温和脉息。通过阅读的传递，那曾经灼热的心灵也灼伤着我们。

《费正清中国史》，费正清著，张沛等译，吉林出版集团有限责任公司 2015 年 3 月出版

追忆似水流园

2012 年，王澍获得普利兹克奖是一个标志性的事件，意味着他所致力的"重建一种中国本土式的建筑学"的理想已成为事实。彼时距离王澍因不愿参与中国建筑的兴建大潮而自动终止职业建筑师的生涯，已经过去 20 年。

由斯上溯至 1937 年抗战全面爆发前夕，留美归来的童寯先生身处内忧外患之中国，"目睹旧迹凋零，与乎富商巨贾恣意兴作，虑传统艺术行有澌灭之虞"，发愤写就《江南园林志》。"吾人当其衰末之期，惟有爱护一草一椽，庶勿使为时代狂澜，一朝尽卷以去也。"一本薄若瓦片的小册子，材料之轻，承载之重，继绝学之紧迫如千钧系于一发。童寯先生在其晚年面对一个浮躁喧嚣的年代，毅然不再做建筑设计。此公对王澍影响甚大，他有志接续那断了的营造精神。在一个大浮躁大断裂的时代，如古人那般造园意味着重整山河。

《江南园林志》出版十年后，费穆先生拍摄出了中国电影史上的不朽之作《小城之春》，片中但见战乱过后颓圮的庭园，读古书的生病的主人，以及城头的荒草、室内的幽兰。园林从来是家国之比喻，园林是中国人的内心生活，甚至是身体的一部分。王澍的新书名为《造房子》，其实谈的也是园林，"造房子，就是造一个小世界"。看似谦抑，实则包含着野心。王澍甚至曾在一间50平方米的房间里造一座园林。园林实是动词的建筑，建筑人同自然之间的关系，也是建筑身体与记忆、历史与情感的关系，以及柯布西耶所言"人性尺度上尺寸平衡"的模度。王澍连"建筑"一词也不喜，宁愿以"营造"代之，后者既带有对匠人手作的敬意，更超越了建筑的畛域，甚至几乎可以把全部的生活内容囊括其中。像王澍所赞赏的李渔无所不涉，甘冒流俗反抗社会，敞开胸怀拥抱生活。

园林最早始于帝王对疆土的把玩，公元前16世纪，夏桀造玉台，其后，秦始皇首创御园。至汉武帝求长生不得，乃将瀛洲、蓬莱、方丈三仙岛摹写塑造于庭池之中，至此开始自有限的空间向无限时间的眺望。在漫长的历史时间里，园林是国与家之间的过渡，庙堂与江湖之间的容与之地，日常生活里的桃花源。像阮大铖为计成《园冶》作序所表达的，园林使得林泉之志与天伦之乐兼而得之。中国古典名著中皆有一座园林，《红楼梦》里的大观园就不消说了，即使水泊梁山也是一座园林。宋徽宗有艮岳，西门庆有私家后园。少花园何从待月，不游园无以惊梦。博尔赫斯的名篇《交叉小径的花园》，亦是一篇关于建筑与园林的杰作，它暗示写一部《红楼梦》那样的小说和造一座园林是一回事，都是建造语言的迷宫。宽泛而言，外至星河宇宙，内至脏腑藏像，都是园林，都在每一个局部存现着全部。像王澍着迷的郭熙《早春图》，包围着气流虚空，自成内在逻辑，仿佛道教运转河车的修真图。

经营园林如养一生命，园事兴废见证人世无常，故废园常比胜园更动人心魄。如孔尚任的《桃花扇》中的唱词："眼见他起朱楼，眼见他宴宾客，眼见他楼塌了……把五十年的兴亡看饱。"成住坏空，迁流幻灭。好在中国人是乐观的，是健忘的，毁了再建，建了再毁，周而复始，乐此不疲。直至今日，造房子仍是城乡瞩目的大事。农耕时代最后一位抒情诗人海子曾如此吟诵："用幸福也用痛苦／来重建家乡的屋顶"。

建筑一个世界首先意味着建筑一种视角，因为当知者的角度发生变化时，被感知的事物也会发生变化。反过来，观看的方式即建筑的方式，王澍称之为"如画观法"。前辈大师陈从周先生亦云"看山如玩册页，游山如展手卷"。历代造园高手，多出于画家与诗人，如王摩诘、倪云林、袁枚等等不胜枚举。不懂中国画理则不懂园林，所谓"垒山（造园）之艺，非工山水画者不精"（童寯）。画与园林相互渗透，如埃舍尔画中的池塘、田畴从平面空间到立体空间的转换。由此，王澍在中国美院象山校区的建筑走向中复现了王希孟的《千里江山图》的山脉走向，而沧浪亭的翠玲珑摇身变为他的太湖房。

就像刘家琨评论王澍设计的苏州大学文正学院图书馆时，

特别强调他所接受的现代主义专业教育历程一样，王澍不仅胜在中国的观法，也离不开西方观法的支撑。"这种物观只描述，不分析"，如罗伯－格里耶的零度叙事。他可以大段引用罗伯－格里耶关于中国南方的旅行文字，在河岸的旧房子中听到"一种傻呵呵的喃喃声过渡到刺耳的勤奋的嘈杂声"。王澍比大多数建筑师更关心用琐碎的语言形成一个整体，这样既可以塑造整体的氛围，又保留各个细部的活力，如中央与地方的理想关系。用王澍的话来说就是——"我只想让一个事物在一个世界中如其所是。"

在王澍营造的建筑氛围中，始终有一个"人类观察者"存在。"他的存在让正在发生的日常生活染上某种迷思性质。"而园林正是那"迷思之地"，充满哲学的冥想，文人的意趣。他写道："多年以后我才察觉，我写作，造房子，从事艺术活动，甚至生活，都以某种回忆为基础。"这意味着在时间中确立自我与空间的关系，意味着细节与现场，身体和动作。"那时我已是写的东西里、造的房子里动作着的人物。"这样的建筑可以激发城市与人生的活力，重启固化世界的可能——"我一直以为房子可以有多种文本类型的存在……而多文本类型的房子昭示着多种可能性的城市，它们彼此并不连缀，就像生活本身并不连缀一样。"

意大利建筑家卡马尔达曾在《自然与建筑》中写道："大自

然并不需要建筑。"王澍谈及沧浪亭里的翠玲珑，"人在其中，会把建筑忘掉"，由此悟到"建筑若想和自然融合，就不必强调体积和外形"。正所谓大朴不雕，大方无隅。"整个建造体系关心的不是人间社会固定的永恒，而是追随自然的演变。"

象山校区建成以后，人们才注意到校园里原本就存在的象山，有人对王澍说"这山是在你们的建筑完成后才出现的"。这是《造房子》中最令我震颤的故事，它让我想起伟大的路易·康的一句话："在房间建造之前，太阳并不知道自己有多美妙。"王澍的文笔和他的营造一样有着太多连绵无尽的诗意，如漫游者的山水城市。也许，这样的文字并不需要一篇书评，就像进入一座园林并不需要一份参观指南，只需徜徉与沉浸。

《造房子》，王澍著，湖南美术出版社 2016 年 8 月出版

有梦的碧山与无梦的家园

1919 年 2 月，李大钊在《青年与农村》一文中寄语"在都市里漂泊的青年朋友们"："都市上有许多罪恶，乡村里有许多幸福；都市的生活，黑暗一方面多，乡村的生活，光明一方面多；都市上的生活，几乎是鬼的生活，乡村中的活动，全是人的活动；都市的空气污浊，乡村的空气清洁。你们为何不赶紧收拾行装，清洁旅债，还归你们的乡土？"文章的结尾更是充满激情地写道："呵！青年呵！速向农村去吧！日出而作，日入而息，耕田而食，凿井而饮。那些终年在田野工作的父老妇孺，都是你们的同心伴侣，那炊烟锄影，鸡犬相闻的境界，才是你们安身立命的地方呵！"这段话，即使现在听来依然不乏鼓舞和蛊惑。

自五四以降，知识界普遍已认定农村是中国社会的根本，改造农村就是改造中国社会。特别是 20 世纪 30 年代，晏阳初、梁漱溟两位先生分别在河北定县、山东邹平等地开展的乡村建设运动，影响可谓深远。新中国成立后则有最高领袖发起的上山下乡运动，这场运动改变了一代人的命运和认识中国的方式。21 世纪以来，温铁军、茅于轼等学者侧重于农村政经、金融层面的实践，亦取得诸多经验和实绩。而近年来由学者左靖和艺术家欧宁发起的颇受瞩目的碧山计划及碧山共同体实践，既远绍民国时期的平民教育和乡建运动，又与上述历次历史运动有着很大不同。碧山计划的最大特点姑且概括为"艺术下乡"，但与地方组织的同名活动相去甚远。碧山计划的内容主要包括号召艺术家还乡居住、生活，举办艺术节，修建古屋，出版民艺杂志，复兴传统乡村礼俗，激活与更新民间设计等等，其实质更接近于日本和中国台湾的乡土民艺运动，并直接借鉴了日本越后妻有大地艺术祭等活动的运行模式。很显然，这既是一场乡村建设实验，更是一个艺术行为，它是后现代背景下，本土与国际、传统与现代、艺术与生活的复杂对话与融合。借用日本越后妻有大地艺术祭的策划人北川富朗的话，"比起土木工程、大型商业设施等方式，艺术依然是唯一能够尊重当地文化的适当手段"。

碧山所属的黟县，处于徽州文化的核心区域，不但风景秀丽，更是人文荟萃之地。大量明清民居和丰富的民艺遗存，为碧山计划提供了绝佳的实验场。碧山的同人们在这里一方面展开生活实践，同时对碧山地区的历史文化进行了全面普查和采访。《黟县百工》就是这一田野调查的结果，它由左靖带领安徽大学的学生历时两年多完成。"全书分馔饮、器物、生活、用具、礼俗、居屋和物什等七大类，对黟县人的生活方式进行全面整理，对每一项目的制作流程、工艺细节、历史源流、背后的工匠艺人以及他们的家庭状况都有详尽的记述。"——诚如欧宁在该书后记中所写，"这份田野考察记录，将成为非常有价值的原始材料，对于以后人们展开农村生活史、经济史和文化史的论述，引入外来力量进行文化保育和传统手工业的激活再生等工作均将大有助益"。

《周易·系辞》云："斫木为耜，揉木为耒，耒耨之利，以教天下。"几千年来，农人在大地上劳作，农具在大地上奔驰，生命的大风吹出天地的精神。在《黟县百工》中，有人馔饮，有人造屋，有人养蚕，有人杀猪，有人修自行车，有人打棺木、做寿衣……生老病死，日月轮回，这是一部众多日常图景组成的地方生活史，一部劳动书写的农事诗。

《黟县百工》记下民艺之美的同时，也记下了繁忙又寂寞的劳动生活。它写到制糖的女人，每日的生活就是灶台、糖水和糖油，仿佛冬眠一般，整个冬季与世隔绝，而竹编手艺人每天从上午八点到下午六点坐在那里一直不停地编织。有的劳动更是辛苦而危险，但尽管几度从屋顶跌落，翻漏师傅还是已经做了三十年。唯有双手劳动，才能慰藉心灵。于是，对远离家乡讨生活的徽人而言，普通的食桃亦是身边如火的柔情与思念；火桶更不仅是取暖的工具，也是一代代人温暖的记忆；寿材、寿衣做好以后，东家要给红包、喜糖，摆酒祝贺。《天工开物》有言"诚意动天，心灵格物"，说的不正是这些吗？留住手艺，就是留住记忆和生活方式，就是对历史与万物应怀的温情与敬意。

美的内容需要美的容器，《黟县百工》的装帧设计可谓无所不用其极——裸书脊，锁线装，四色全彩印刷，胶版纸、铜版纸、玉扣纸错综排印，每一章章前都有藏书票式的活页。全书分正书和别册，正书字体用康熙字典宋等设计字体，别册文字干脆用的是非物质文化遗产福建宁化木活字印刷。这种古老的工艺恰恰是黟县曾有现已灭迹的，该书的制作补上这个遗憾，可以算是"黟县一百○一工"，获得"中国最美的书"称号自然是实至名归。在网络和电子阅读时代，纸质书本身也正日渐成为稀缺的艺术品。也只有像《黟县百工》这样恭敬、精致的手作，才能表达出文化本真的高贵与尊严。

礼失求诸野，每一次重返乡村的冲动，背后都隐含着都市梦想的破产。无论是道德、伦理，还是文化、生活，代表传统的乡土中国一直是对代表现代化的城市道路的修正。与各地赶农民上楼的普遍做法相对，我非常赞同主持郝堂村复建项目的孙君先生的理念："把农村建得更像农村，拉大城乡价值体系。"农村是吾国吾民根基所系，归根复命的古老信念亦深植其间。但处在现代化、全球化、国家主义化等重重"损蚀冲洗下的乡土"（费孝通语），是否有能力承担这些艰巨的使命？我们的

"乡土复原"（费孝通语）能力又有几何？眼前美景吟不得，别有沉重上心头。

这也正是碧山计划面临的尴尬。城里人希望来碧山看星星，厌倦商业泛滥的旅游景区，但当地农民却喜欢路灯，希望碧山成为西递、宏村那样可以收门票赚钱的旅游景区，碧山计划无法回避"谁的乡村，谁的共同体"的提问，像北川富朗意识到的那样："艺术并非目的，重要的是生活在这片土地上的人是否感到幸福和充实。"至于碧山计划更为远大而可敬的理想，诸如恢复乡村自治，把乌托邦想象变成可操作的现实政治，在中国现实语境下，可以想见注定无法实现。

也许正如钱理群先生所说，"中国知识分子需要农村，更甚于中国农村需要知识分子"。又像黑大春诗歌中咏叹的，"原始的清醇的古中华已永远逝去……我只好紧紧依恋你残存的田园，我难分难舍地蜷缩在你午梦的琥珀里面……"（《秋日咏叹》）不过，化用同出江南的胡兰成《胡村月令》里的句子，乡土世界山河浩荡，纵有诸般不如意，亦到底敞阳。有梦的碧山终归胜过无梦的家园。

《黟县百工》，左靖主编，金城出版社 2014 年 8 月出版

长为匹夫死圣雄

爱因斯坦在评价圣雄甘地时说："我们下代的子孙恐怕很难相信，世界上真有过这样一个人。"这句话在一定程度上同样适用于被马歇尔称为"中国的甘地"的梁漱溟。在 2015 新年的阳光中，笔者翻检纵贯五十年长达八十万字的《梁漱溟日记》，不禁屡屡感慨即便是在风云激荡的 20 世纪中国，像梁漱溟先生经历如此复杂的人也委实不多，而像他这样内心始终如一的圣徒，更是少之又少，甚至是硕果仅存。

诚如梁漱溟的传记作者艾恺所说，梁漱溟一生的活动几乎贯穿了 20 世纪前 80 年中国的每一个重要历史事件，他是中国近现代史上独特而惊人的见证者。辛亥革命、五四运动、国共合作、"反右"、"文革"等重大历史现场都活跃着他的身影，梁启超、李大钊、陈独秀、胡适之、蒋介石、毛泽东、周恩来等诸多风云人物都是他的故友旧交。在后来的"批林批孔"运动中，梁漱溟直言批林可以，批孔不可以。面对由此引起的来势汹汹的批判，他坦然径对："三军可夺帅，匹夫不可夺志。"余每读史至此，都不由赞叹不已：此何人哉，大勇如斯！

梁漱溟先生一生堪称传奇，他生于甲午战争前一年，儿时以西学开蒙，最终却以中国文化为依归。他自幼抱出世之心，年近而立始从俗成家。青年时期参加同盟会，半为报人半是刺客，后以中学生文凭授课于北京大学。他长居于都市却以乡村建设运动名世，抗战期间纵横敌后游击区八个月，九死一生。他是国共两党争揽的民主人士，却秉持鲜明的中间立场，积极创办非党派政治组织。此后斡旋国共，调停内战，参与新政府，巡视东北、西南，卷入"反右""文化大革命"……无数风云变幻一一定格在他的字里行间。因此，这不仅是一位世纪老人的日记，更是弥足珍贵的公共历史文献。

梁漱溟先生自述自己是"既好动又好静的人"，一生之中，"时而劳攘奔走，时而退处静思，动静相间，三番五次不止"。在《人生的三路向——宗教、道德与人生》中，他写道："逐求是世俗的路，郑重是道德的路，厌离则是宗教的路。"而他自己是不多的能将这人生三路向都走通的人。他以宗教反观人生，以道德正大人生，以"认识老中国，建设新中国"成就人生。他正是属于艾恺所讲的那种"把自己的问题同人类的问题，无形中都放在了一起"的伟人——"一生数十年唯在一个中国问题一个人生问题所刺激所驱使之下，求其有所解决（前者求其实际的解决，后者求其在思想上的解决）而竭尽其心思气力。""以中国问题几十年来之急切不得解决，使我不能不有所行动，并耽玩于政治、经济、历史、社会文化诸学"，"感受中国问题之刺激，切志中国问题之解决，从而根追到其历史其文化，不能不用番心，寻个明白"。总结一生，他对自己的定位是："一个有思想，又且本着他的思想而行动的人。"

梁漱溟先生被称为新儒家的代表人物，"最后一个儒家"，但其思想之驳杂岂是一个儒字可以概括。他自认为前生是个和尚，毕生成就多得力于佛学。20岁前后即闭门研读佛典，写下《楞严精舍日记》，惜乎失存。他眼见天下大乱，"此心如饮苦药"，"投袂而起，誓为天下生灵拔济此厄"，"吾曹不出如苍生何？"梁启超诗云"且学度他且自度，大同界即大乘门"，梁漱溟先生以救世为己任，亦是在行菩萨道，不舍众生，不住涅槃。尤为值得关注的是，从日记中可见，他对佛教的热衷不止于学问，而是实实在在地修习。他一生出入显密，于净土、地藏、禅宗、大手印、金刚亥母、四加行等法门均有涉猎，在他日记中详细记载了新中国成立前缙云山、新中国成立后北京西郊八大处两次闭关修佛，以及参礼、持咒等修行经历。"反右"及"文革"厄运中，他以六般若波罗蜜为信心资粮，得度艰辛岁月。甚至一边扫街一边作偈："一声佛号观世音，声声唤醒自家心……"他一生茹素，坚持习静，晚年睡前多读佛典，诵佛号为例行课业，精进猛厉，其行为举止实属标准的佛教徒。

佛教尚空，乃出世间法，然先生一生汲汲于事功，无论是投身乡村建设运动，还是力促国共合作，这些壮举无不闪耀着强烈的墨家精神：纵横任侠，赴汤蹈火；摩顶放踵，以利天下。他从自己父亲梁济梁巨川公那里继承了"一腔热肠，一身侠骨"，"表面是儒家，里面是墨家的精神"。建功立业难，但以道德和人格彪炳后世更是非圣人不能为。梁漱溟一生"独立思考，表里如一"，"省身如不及，修辞立其诚"，匹夫不可夺志，乃至"心不离乎其身而有创造"，则是践行儒家的笃实与庄敬。人们很容易将梁公的勇敢误视为狂狷、任性，这其实是来自"廓然大公，物来顺应"的圣人心胸。可以说，梁漱溟先生的知行合一和慷慨气节，在中国现代知识分子中，几乎无人出其右。

最难能可贵的是，以梁漱溟先生正大刚强之气，却绝非道学家之高高在上，坚硬顽固。相反，他视道德为"最深最永的趣味"，"因为道德乃是生命的和谐，也就是人生的艺术。"这在他的文字中多有体现——柔软、可亲，充满体恤与温情。观《梁漱溟日记》，文辞简约，惜墨如金，本纯为记录，但闪烁其间的生活细节尤令人着迷。看牡丹、买水果、开会、批斗、大便、习拳、扫厕所、订阅《红旗》杂志、读《卓娅与舒拉》……凡此种种革命时代的日常生活，并列杂陈居然毫无违和感。在速写似的笔墨后面，常蕴含无尽的意蕴。试举1968年5月2日星期四日记一例："早起扫街如例。散步潭岸，写稿，阅《世界文化史》。午后去太平湖北岸习拳，在南岸小坐食梨及苹果。护城河水大涨。"这段文字里的潭指积水潭，即梁漱溟先生的父亲梁巨川公殉身的净业湖。1918年冬天的清晨，即将迎来六十大寿的梁济先生走出家门，自沉于冰冷的湖水中。他所留下万言遗书中称："国性不存，国将不国。必自我一人殉之，而后让国人共知国性乃立国之必要。"太平湖，原属于积水潭的一部分，距作者写下此则日记两年前的1966年，其故交老舍不堪受辱于此跳湖自尽。1968年这个春天的早晨，扫完大街的"牛鬼蛇神"梁漱溟在淹没了父亲的积水潭湖畔散步，下午又在老友自沉的湖边打过一套拳，坐在岸边吃梨和苹果。他那时在想什么？是否会想起父亲去世前三天父子之间那则对话，那是他最后一次见到父亲。父亲问："这个世界会好吗？"儿子回答："我相信世界是一天一天往好里去的。"父亲说："能好就好啊！"说完便离开了家。在这则波澜不惊不足50字的文字后面，有多少涌起与寂灭，平静如湖，又涨如河水。

《梁漱溟日记》（上下卷），梁漱溟著，上海人民出版社2014年9月出版

致李叔同

叔同先生：

您好。人们通常称您为弘一大师，但我更喜欢呼您"先生"，您俗世的名字，烟火中有冉冉的清寂，温暖、平易。在我们这个"大师"满街走的时代，还是称呼您先生更踏实也更庄重。

先生，现在距离您去世已经过去了七十年，这个世界每天都在发生着眼花缭乱的变化。书店里，您的书和林徽因、纳兰性德、仓央嘉措摆在一起。都市的小资男女们，当您是情僧，是情圣，是人间不知几月天。如果您看到，一定会苦笑不已吧。

您在世时便备受争议，死后更是争议不断。人们把您的出家与王国维自沉、周作人附逆，并称为中国现代文化史上三大谜案。关于您出家的原因，历来众说纷纭。有人说您是因为破产，有人说您是因为失恋，有人直接说您精神有问题，却很少有人相信这是一次主动出击，一次奋力的精神突围。

您的出家之所以令人震惊和费解，首先是因为您出家前后形象反差太大，判若两人。在成为弘一法师之前，您是翩翩贵公子，是"二十文章惊海内"的才子，是花丛征逐、乐在声色犬马之上的名士，是中国现代话剧、音乐、美术的先驱，是两个男孩的父亲和两个女人的丈夫……舍此万丈红尘而入空门，可谓惊世骇俗，震铄古今。世人争说李叔同，多是因为您的传奇经历，特别是前半生风流倜傥，容易引起人们八卦的兴趣。而那些，却是您在世时即已否定的——"多涉绮语，格调亦卑，无足观也"。

您出家那年（1918 年），正是五四运动的前一年。就在您出家前后，鲁迅写出《狂人日记》，开始振聋发聩的呐喊。胡适发表《建设的文学革命论》，呼吁"国语的文学，文学的国语"。陈独秀在《新青年》杂志上大谈只有"德先生（民主）"和"赛先生（科学）"才能救中国。同样在这时期，一战结束，欧陆百废难兴。梁启超巡游西欧归来，鼓吹西方文明已经破产，要以东方文明拯救世界；李大钊发表《庶民的胜利》和《布尔什维主义的胜利》，大力宣传十月革命和马克思主义……

正是风云际会的大时代，大舞台、大人物、大制作。而您这个中国最早的话剧演员，却静静地退到了幕后，远远地走出了时代的剧本。像您另一个名字"成蹊"所暗示的那样，您选择的是一条人迹罕至的蹊径。在时代进步的潮流中，您可谓是一退千里。您出家时，曾有一位北京的老朋友写信劝告："听说你要不做人，要做僧去？"吴稚晖亦说过"李叔同可以做个艺术家而不做，偏去当和尚"的话。您的老朋友柳亚子对您一直耿耿于怀，认为您消极避世，弥足可惜。

可我知道，年轻时的您曾是何等的壮怀激烈。1898 年 6 月，光绪帝从康有为、梁启超颁布"明定国是诏"诏书，行变法维新之议，当时在辅仁书院读书的您已受新学影响，认为老大中华非变法无以自存，对维新运动发自内心地拥护，并刻有"南海康君是吾师"的印章。但是很快，戊戌变法的惨烈流产使您陷入失望中，您举家南迁，避祸沪上，"江关庾信，花鸟杜陵"，"千秋功罪公评在，我本红羊劫外身"是您劫后余生的心灵写照。

1908 年，您东渡日本留学之际曾作《金缕曲·别友好东渡》抒怀："披发佯狂走，莽中原，暮鸦啼彻，几行衰柳。破碎河山谁收拾？……二十文章惊海内，毕竟空谈何有？听画底苍龙狂吼！长夜凄风眠不得，度群生那惜心肝剖？是祖国，忍孤负！"那时是何等的豪迈。

数年之后，辛亥革命胜利，中华民国临时政府在南京成立，举国一片欢呼，您也曾以为自此中华光明无限，写下"看从今，一担好山河，英雄造！"（《满江红》）的豪迈诗篇。没想到，打倒了一个皇帝，更多的皇帝出来了。袁世凯窃国在前，张勋复辟于后，《临时约法》沦为一纸空文，"民国"徒有虚名。但见军阀连年混战，生灵涂炭，与旧世界别无二致，三界火宅，犹不可脱。眼见成住坏空，热情热心换冷淡冷漠，直至化为灰烬。

您渐由"度群生那惜心肝剖"的激烈转向博爱群生、普及物类的平和清寂。

先生，他们误解了你，他们以为出家即是消极避世，不知道学佛乃大丈夫事，非帝王将相所能为。他们不理解救世莫如救心，您是不忍见黎民沉沦业海，乃发愿借菩萨力普度众生，遂以苦行作世间风范，以出世来成全救世理想。像您在《佛法十疑略释》中写到的那样："空者是无我，不空者是救世之事业。虽知无我而能努力作救世之事业，故空而不空；虽努力作救世之事业，而决不执着有我，故不空而空。"

您出家不曾只管自己念佛，不闻苍生疾苦。特别是国难当头之际，强烈的家国情怀更是被激起。"念佛不忘救国""殉教应流血"，您随时准备为爱国护佛舍身成仁。您处处以慈悲为怀，以护生为念。创作编辑《护生画集》，劝人从戒止杀，护生护心。写字写到"刀"部，竟因"刀部之字，多有杀伤意，不忍下笔"。每次落座，都要先把竹椅摇一摇，以提醒椅子里可能有的虫子逃跑。临终前，更是嘱咐身边的人将盛满水的四只小碗，填在自己身后龛的四角，以免蚂蚁嗅味走上，致焚化时损害蚂蚁生命。先生行将大去，视皮囊如敝屣，却对渺小的蚂蚁的生命念念在兹。"如我心者，终不发生一念之意与一蚊一蚁而作苦事，况复人耶！"（《华严经》）先生慈悲若此，令人动容。

文人皈依佛门，习禅者居多，因其讲求顿悟，修行相对自由，不那么辛苦，最宜满足失意者"狂来说禅，悲还说梦"（龚自珍语）的寄托。直到今天，时常可见装神弄鬼的野狐禅、花天酒地的肥和尚、大字不识几个的"高僧"。而您却独独选择了孤寂坚硬，八百年来多少人望而止步的律宗，以戒为师，终身苦行，终成一代宗师。您不当住持，不蓄弟子，勤俭习劳，恪守衣不过三、过午不食的古训，一件袈裟、一把雨伞穿（用）几十年。这种自律到近乎自虐的精神，正是我们这个甜点时代稀缺的盐。

崇拜您的人将您当成完人，而我知道您的内心充满罪感。您不是康有为、谭嗣同那种以天下为己任，以己为天下之楷模的过量英雄，相反对自己极其不满，总认为自己罪孽深重，无足挂齿，"一事无成，一钱不值"。您常说，"应看一切人皆是菩萨，唯我自己是凡夫"，"要看自己是擦桌子的布"。这种对自己体无完肤的批判，在您的文字中比比皆是，触目惊心。读到这些，我每每感觉羞愧难当。

记得当初五四的狂潮散过，革命的转而做官，呐喊的归于彷徨。您的学生曹聚仁黯然写道："近来忽然从镜子里照见自己的灵魂，五四的狂热日淡，厌世之念日深，不禁重复唤起李先生的影子。"

华枝春满，天心月圆。您的《清凉歌》正从遥不可及的远处传来，慰藉这浮躁世心。您曾说过"去去就来"，您不舍众生，必发愿重来。期待人间再闻您的狮子吼！

先生，掬一捧万川之水，伏惟尚飨！

瓦当拜

2012 年 7 月 21 日夜

为了生命中最软弱的部分

1998 年大年初一的晚上，我和朋友在一家音像店里找到了王家卫导演的《重庆森林》。我们在城郊一套狭小的公寓里一口气把片子看完。我的朋友，一个个体电焊工，第一次观看，就说出了我一直找不到恰当语言表达的见解："它揭示了很多人的隐私，它说出了几乎每个人内心深处都有的软弱和孤独。"

影片中布满飞速旋转的人流，无数彼此陌生的面孔匆匆相遇，又在瞬间分离。城市的景象如潮水般涨出镜头，令人眩晕。剧中主人公的一句台词令人感慨万千——"我离她最近的时候只有 0.01 厘米，57 个小时之后，我爱上了这个女人。"每个人都渴望理解和爱，却又自我封闭，茫茫人海中，无数你我擦肩而过，也许彼此心心相印，甚至会成为情同生死的朋友。可是，我们没有这样的机会，没有这样的勇气。王家卫的天才在于他以诗意的笔触把这种最软弱、最美好、最真诚的冲动表现了出来。我们每个人在这部电影中毫不遮拦地敞开心灵，任凭心灵放声哭泣，而不必顾及他人的嘲笑，不必在意所谓的成熟和坚强。可是，一旦从电影中走出，走到阳光底下的人群中，我们的内心又重新恢复了无边的荒凉和黑暗，谁也不知道这是为什么。

瑞典电影大师伯格曼在其剧本自序中写道："……于是我们最后都聚集到一个牢笼里，站在一起为自己的孤独哀鸣，既不相互倾听，也意识不到我们正在相互窒息。每个人都盯着对方的眼睛，却否认对方的存在。我们在原地打转，如此陷入自己的愁苦之中，以致不再能分辨真与伪，分辨暴徒的狂想和纯洁的理想。"伯格曼写的是自我之于艺术创造的毒害，也写出了人类普遍存在的悲哀。当"怀疑一切"成为越来越多人的座右铭，真诚也就变成了每个人内心深藏的梦想和永远不能说出的愿望。

足足用了一年的时间，我都没能把伯格曼的《电影剧本选集》（上）读完。我只读完了《夏夜的微笑》和《第七封印》《野草莓》的小部分。尽管这些剧本只是他无与伦比的电影艺术的胚胎，但我的心仍然被作品中光明与黑暗的搏斗、青春与梦想的闪现与破灭深深打动，甚至感觉难以承受之重。当我静下心来思考，突然发现他的每一部影片都怀有对现世的痛惜和批判、拒绝，以及对人心灵中脆弱、美好情感的深情赞美。在《第七封印》中，厌倦流浪的骑士与流浪艺人约夫和他美丽年轻的妻子米娅以及活泼可爱的儿子邂逅。在晚霞掩映下的海边山谷，他们共进晚餐。在一群美好、纯洁、善良、彼此相爱的普通人中间，骑士突然领悟到生命的美丽，领悟到"爱"是最伟大的真理，胜过虚幻的上帝。当我们徜徉在这样的影片中，就仿佛灵魂突遇雨水。当我们透过湿漉漉的双眸，看见日出，看见遍地的野草莓，但愿彼此的心中都有一份清醒和希冀。

一位女作家曾经尖锐地指出："人是人的环境。"是人使人变得可怕，是人把人变成地狱。莫言在短篇小说《拇指铐》中讲述了这样一个荒诞、惨烈的故事：一个男孩进城去为垂危的母亲抓药，回来的路上被恶人铐住双手拇指，困在一棵大树上。整整一天，很多人由此经过，但没有谁肯相信他是无辜的受害者。人们无一例外地对他产生怀疑，甚至是恐惧和愤怒，因此而纷纷避开。这个男孩承受着毒日与暴雨以及双手疼痛入骨的煎熬，而此时她的母亲正因无药可医即将走向死亡。我不能平心静气地复述这个故事，我眼中一直有泪水滚动。更严重的是，一个经历如此劫难的少年，将来怎样看待这个社会、这个世界？小说没有答案，但疼痛绝不会消失，甚至很容易转化为仇恨。

太多的时候，我们读到的书中，看到的影片中，充满了赤裸裸的暴力、肆无忌惮的恶毒、浑不知耻的媚俗与市侩，以及假大空的英雄故事，却几乎听不见人类灵魂中最软弱的那一部分的呼喊。要知道，这才是生命中最珍贵最美好的东西。高尚、真诚、善良、爱并不是虚无缥缈的，这一切就存在于每个生命内部最软弱的部分。这是每个生命心中共同的渴望和冲动，软弱而又坚韧地存在着。就像美国诗人艾米莉·狄金森在一首诗中这样写道——"造一座草原需要一株苜蓿加一只蜜蜂／一株苜蓿，一只蜂／再加一个梦／要是蜜蜂少／光靠梦也成"。

好古的激情与书之魅惑

本文题目脱化自宇文所安论《〈金石录〉后序》的文字（见《追忆：中国古典文学中的往事再现》），要谈的却是被坊间誉为"中国民间藏书第一人"的韦力先生的新书《失书记·得书记》。李清照为亡夫赵明诚著作《金石录》写序时，已历经国破家亡，所藏殆尽，故这篇后序也可看作是"一部费力地把藏品收集起来，又痛心地一点一点丢失掉的收藏史"（宇文所安语）。《金石录》一书列在《失书记》中，为珍贵的汲古阁抄本。与李清照的丧乱之失不同，韦力的失书通常是失之交臂的错失。藏书固为名山伟业，但在韦力笔下，更令人陶醉的还是那些得书与失书的过程。与李清照惊心动魄的得书失书相比，韦力的藏书史更富闲趣。此诚升平世与乱世之别也，但两者同样充满好古的激情与书之魅惑。

同为收藏者的瓦尔特·本雅明在《打开我的藏书：谈谈收藏书籍》一文中写道："一本书最重要的命运就是与收藏家遭遇，与他的藏书会际。对于一个真正的收藏家，获取一本旧书之时乃是此书的再生之日。"君子好好书而不得，殊为恨事。好书遇人不淑，则如美人下嫁俗物，妙玉陷于泥淖，直叫人掬一把伤心泪。所谓古书之美，非好古者不能体悟，倒是那些好古之徒好书如好色的故事远为好看。如张岱讲："西湖七月半，一无可看，只可看看七月半之人。"韦力的文字简洁质朴，但勾勒有力，平铺直叙中一个个剪影般的好古之徒跃然纸上。

于是，我们得以看到周作人抄补小曼亭本《绝妙好词》，如勇晴雯病补孔雀裘；俞平伯藏《雷峰塔经》砖，敢笑法海不懂爱。文人雅士固然雅不可及，普通收藏家也各有各自的风流。如为了一部必得之书敢和人玩命的唐海，因阿芙蓉之好突然消失，数年后在拍卖场偶遇，由买家变成了工作人员，且形销骨立。真应了杜工部的诗："岐王宅里寻常见，崔九堂前几度闻。正是江南好风景，落花时节又逢君。"那位穿"党和国家领导人制式便服"的官员藏家，自觉已经到了散东西的年纪，竟能大彻大悟。晚景凄凉的魏广洲，赠书未果，居然怒而捐书。以及，内蒙古藏书家王树田养着多到数不清的猫；刘扬种核桃、菩提树，也养王世襄先生养过的鸽子……这些人物身上散发着浓郁的六朝文人气息，好像从《世说新语》里走出。

韦力所好所藏，皆为线装古籍，甚或宋元珍本，价值动辄几十万乃至百千万之巨。韦力又常以穷人自居，感叹"好书永远有，钱也永远缺，挣钱的速度永远赶不上书价上涨的速度"。这真让我辈读书人汗颜。联想到今日出版圈同人，挣着卖白菜的钱，操着卖白粉的心。网店新书折扣之低近乎白送，拍卖会上的古书价格却扶摇直上，真有天上地下之别。韦力交往的书商中，靠卖旧书发财的不乏其人。如在北京买了房的山西的武思忠，山东的小魏，在上海买房的王德，在南京买房的东北小付……看得我都有了贩书之心。

书乃尤物，使人趋之若鹜，甚至生死相许。在韦力的书中，几位拍卖公司的老总和收藏大家都去世得非常突然。如陈东死在德宝五周年拍卖会上，秦公死在办公室马未都怀里，田涛在机场取行李突犯心脏病去世，王杭生在收书途中遭遇车祸……如此密集的意外死亡，冥冥中多少有些神秘，令人对藏书之事心生敬畏。

"昔萧绎江陵陷没，不惜国亡，而毁裂书画；杨广江都倾覆，不悲身死，而复取图书。"爱书人对于心爱之物往往至死不悔，即使死后也不肯放弃，此情古今同一。李清照因此而慨叹："岂人性之所著，死生不能忘之欤。或者天意以余菲薄，不足以享此尤物耶。抑或死者有知，犹斤斤爱惜，不肯留在人间耶。"

书如万事兴替聚散有时，故一期一会更当珍惜。书的流传又构成书外之书，因此流传有绪尤为藏家看重。还是本雅明讲得精彩："收藏物的年代、产地、工艺、前主人——对于一个真正的收藏家，一件物品的全部背景累积成一部魔幻的百科全书，此书的精华就是此物件的命运"，而收藏家则是"物象世界的面相师"和它命运的阐释者。韦力遗憾陈东那样的藏家嘴太严，带着故事而去，所以自己搜罗记忆，贡献这些书林逸趣，此举令人感动以至不胜唏嘘。在这一点上，他与李清照达成了一致——"何得之艰而失之易也……然有有必有无，有聚必有散，乃理之常。人亡弓，人得之，又胡足道！所以区区记其终始者，亦欲为后世好古博雅者之戒云。"

安妮宝贝曾在访谈中记述："韦力老师不抽烟，不喝酒，不喝茶，对于生活中的细节享受和情趣体味从不在意。他不像宋人那样，对所有雅洁精美的器物一般痴迷，他只爱书，他只愿体味古书的美。"(《古书之美》) 换句煽情一点的话，这是一个为古书而生的人，像他引用的汪峰老师的歌曲"我在这里欢笑，我在这里哭泣。我在这里活着，也在这里死去"。

《失书记·得书记》，韦力著，广西师范大学出版社 2015 年9 月出版

必然世界与"进托邦"神话

　　许多年后，面对风起云涌的人工智能，凯文·凯利想起了父亲带他见识计算机的下午。这一幕类似《百年孤独》的开头。凯文·凯利笔下的互联网世界，正像马尔克斯笔下的马孔多——"这块天地如此之新，许多东西尚未命名，提起它们时还须用手指指点点。"时间重新开始，世界才刚刚形成，正所谓"万物不息，万物不止，万物未竟"。

　　凯文·凯利在20世纪90年代写成的《失控》一书中，便已预见了当下几乎所有的互联网热点概念，如蜂群思维、云计算、虚拟现实、网络社区、物联网等。现在，凯文·凯利在新书《必然》中，又对塑造未来30年的12种科技力量做了充分阐释。在他看来，这些力量相互缠绕促进，共同构成了一个必然到来的新世界。

　　所有对未来的预测，都建立在对历史的追溯之上，《必然》当然也不例外。文字的出现，曾使人类走出蒙昧，成为"言语之民"，特别是印刷术的出现"超越阶层，点亮了公民的思想"，奠定了现代文明的基础，人类亦因此成为"书籍之民"。现在，人类正再次进化成"屏幕之民"。"今天的阅读不是一本固定的书，而是一条由微博、摘要、随手拍、简短文字和漂浮的第一印象构成的河流。"这时，"一成不变的书本不再重要，文化变得快速、流动和开放，快速得就像30秒钟的电影预告片，流动、开放得就像维基百科上的词条页面"。以上就是《必然》所列举的12种科技力量中的"屏读"。屏读是文字与图像的高度融合，人们的目光所及之处——包括街道两侧的建筑、卧室的天花板、厨房的食品外包装等，都将被故事和信息占领，不能"屏读"将等同于文盲。形式反过来影响内容，影响接受方式。作为一个纸质书的迷恋者，笔者在阅读《必然》之前，不愿意相信纸质书会消亡，但看了《必然》之后，我释然了，能够欣然接受一个纸质书不再的世界，那其实与羊皮卷的消亡一样必然，何况屏读远比纸上阅读更加精彩。人们总在哀叹刷屏代替了阅读，但凯文·凯利用数据说明，现在人们花在阅读上的时间是20世纪80年代的三倍。人类正迎来新的写作热潮，"你每周写下的文字比你的祖母还多，无论你住在什么地方"。

从"桌面"到"页面"再到"流"，我们正从一个静态的名词世界前往一个流动的动词世界。博尔赫斯的空中楼阁变为有效的电子空间，相比传统的平面世界，互联网更像是一场永不剧终的流动的盛筵。互联网带来知识生成方式的重大改变，超链接使得读者"从一个注脚中发现另一个注脚，直到抵达事物最根本的核心为止"，而嵌入与互耦的方式，构成知识的基本结构，这可以被视为一种崭新的写作方式。再迟钝的人也会意识到，我们正在重新绘制人类知识地图，而这幅地图之大，超越了我们的想象力所能涵盖的所有疆域。凯文·凯利援引"正在备份整个互联网的档案保管员布鲁斯特·卡利"的话说："这是我们超过古希腊人的机会。"更重要的是，知识的垄断被彻底打破。"我们可以把所有人类的著作提供给世界上的所有人。它将会是一个永世难忘的成就，就像把人送到月球上去那样……和精英使用的旧式图书馆不同，这种图书馆将会变成真正的民主化图书馆，其中的每一本书，都会以每一种语言供给这个行星上生活的每一个人。人类有史以来的所有作品，无论语言，都应当在任何时间，向任何人开放。"

未来的人们尽可以把互联网之前的时代都称为古代。互联网使得人可以参与上帝的工作，用《周易》里的话来说就是"参赞化育"。所谓的参赞化育就是继上帝创世纪之后的第二次造物，其主要表现方式就是机械的知化。知化即对机器的驯化，就像人类曾经成功将动物驯化为家畜。如果说，工具是人的延伸（麦克卢汉），那么云端就是灵魂的延伸，是自我的延伸。凯文·凯利特别注解道：并不是我们拥有的"自我"的延伸，而是我们所使用的"自我"的延伸。知化使世界运行开始加速，一种被称为"霍洛斯"的世界心智将统治世界，这也是人类历史上最大的创造物。这意味着心智实现向万物的渗透，万物因此变得有灵且美。这是一个堪比寒武纪生命大爆发的时代，一个无法想象的美丽新世界。人类正在重启进化，不是构建乌托邦，而是构建一个"进托邦"。不同于达尔文的独立进化论，这是一种整体性的"涌现式进化"，是老子所讲的"一生二,二生三,三生万物"。

互联网时代使人清楚地看到，无数无名的劳动者正在创造历史，似乎只有到这个时候，我们才能充分理解马克思主义史观的真理意义。凯文·凯利在《必然》中创造性地重新界定了无产者的概念：由于物质的软件化、虚拟化、3D打印化等，对事物的占有不再像曾经那样重要，而对事物的使用则比以往更重要。人类的前景看起来又像是人类的原乡，数字原住民与原始社会居民何其相似——不再看中拥有，也就不再受物所累，在需要时随时随地获得工具，自由地奔向前方。人们将"像天才一样回答问题，像巫师一样到处航行，像行家一样来自娱自乐——而无须承担所有权的负担"。这样的理想天国，相信没有人不会向往。

互联网最大的贡献在于一种分享文化的建立，"即使沉默也将被共享"。这不仅改变了知识，更带来社会组织形式的革新，等级制向平面网格结构过渡，"去中心化的网络就是现在的中心化的公民公有"。在比特世界里，"你对政府的信任便转而被对数学的信任取得"。这一切根植于科技的本质而不是社会的本质，须知科技对社会的影响，不以社会为转移。与这本书所呈现的必然世界相比，任何专制和故步自封的文化都是明日黄花，俱往矣。我们有幸目睹这个大时代，有幸参与一个人类新纪元的形成，还有什么比这更激动人心的事情？

凯文·凯利描述的世界就像一首诗。"事实固然有趣，理念自然重要，但只有精彩的故事、精妙的论述、精心打造的叙述才会让人赞叹，永生难忘。"诚如他本人所云，《必然》毫无疑问地做到了这点。当然，这也是值得警惕之处，因为太过美好的梦想总是让人隐隐不安。

《必然》，［美］凯文·凯利著，周峰、董理、金阳译，电子工业出版社 2016 年 1 月出版

重拾清教徒的美德

　　马克斯·韦伯有感于为何独有欧洲才能发育出资本主义，进而思考宗教信仰与物质生产的关系，意识到无止境的营利欲并不等同于资本主义，更不是其精神所在，反之资本主义的理性可以遏制欲望，以获得持续的增长。很多时候，想象和叙述历史的冲动，不仅源于历史中充斥着伟大的激情，更因为其背后蕴含着朴实的真理。从 17 世纪 30 年代的清教徒横渡大西洋的移民运动，到 20 世纪 60 年代的人类登月成功，这两次史诗般的远征之间，谁能看出内在的呼应？而在肯尼斯·霍博和威廉·霍博眼里，这都是清教徒的胜利，一次是开端，一次是结束。《清教徒的礼物》追溯了美国开国至今的工业管理文化史，将其成功归因于企业家继承了 17 世纪清教徒移民的美德——一份弥足珍贵的礼物。这显然难逃马克斯·韦伯的《新教伦理与资本主义精神》的影响。在作者看来，美国正是依靠"清教徒的礼物"发展成为世界第一强国。

　　二战胜利后，美国管辖日本，又将这一礼物带到日本，帮助后者迅速崛起，创造了举世罕见的经济奇迹，从而开启了东亚黄金时代。这个东亚黄金时代始于 20 世纪 60 年代的日本，传至80年代的亚洲四小龙，直到20世纪90年代的中国经济崛起。而20世纪70年代以后，美国企业界渐渐以财务工程取代工业工程，制造业开始滑坡，并最终引发全球性金融危机。该书认为，这是背离清教徒文化哲学的必然后果。

《清教徒的礼物》总结道，传统美国公民的价值观有四点：一是建造人间天国的坚定信念；二是亲力亲为的技师（工匠）精神；三是集体高于个人的道德观念；四是善于协调的组织能力。上述精神资源都来自清教徒的哲学。这是清教徒带给新大陆的礼物，也是美国梦的精神源泉。

弗朗西斯·培根最早提出了清教主义哲学思想，并预言了第一次工业革命。马克斯·韦伯则认为：清教徒的世俗生活受"获得拯救、确保恩典"这一超尘世目标支配，他们在世上活着就是为了增添上帝的荣耀，从世俗状态转变为恩典状态。这使清教徒产生了一种积极入世的禁欲主义的伦理：一方面，在工业、商业、贸易等职业中拼命劳动，在增进财富上荣耀上帝；另一方面，又有一个终生的目标使他们获得了一种理性和秩序：服从上帝的诫命，从而战胜了自然的冲动和享乐。这是资本主义精神的根源，也是清教徒精神的要义。

当约翰·温斯罗普率领第一批清教徒到达新大陆之前，已有两次美洲移民，但均因准备不足和缺乏有力的组织管理而以失败告终。温斯罗普的成功充分汲取了前两次移民的惨痛教训，整个过程充分体现了前面所讲的四种精神。这不是一群乌合之众的逃亡，而是"一个正在形成的国家横渡大西洋"。这次移民行动之前，明确提出清教徒奉上帝之名远赴新大陆建造人间天堂的使命。经过了充分准备、动员和组织实施，其计划和执行都堪称完美。清教徒立志将新英格兰马萨诸塞殖民地建成圣经中的山巅之城，然后将其渗透和复制到整个联邦。国内大迁徙使新英格兰的价值观在随后的两个半世纪传遍整个美国，美国的建国过程亦体现了清教徒的哲学精神。

培根认为，有三样东西让一个国家变得伟大，它们就是"肥沃的土壤、忙碌的车间和便捷的运输"。而自己动手、亲力亲为，是美国社会一开始就不同于那些建国更久、等级制度更森严的欧洲国家的地方。美国不承认任何贵族，除了工作的人。建工厂就是建教堂，在工厂工作就是在教堂祈祷。清教徒视劳动与产业为他们对神的义务，职业一词就源自"天职"的召唤。肯尼斯·霍博和威廉·霍博观察到，除了营利之外，很多企业家，特别是后来龙头企业的所有者和经营者，总是还有其他目标。在生产制造等活动中迷恋质量，不能完全用逐利来解释。另外一个动力就是，建造人间天国。传统的清教观念加上法国技术的影响，开启了美国制造系统的行程，并在19世纪最后30年引发了第二次工业革命。机械天赋、先集体后个人的道德观念、非凡的组织能力以及美国梦，在这些公司中得到了最充分的体现，共同铸造了美国管理的黄金时代。

20世纪70年代之后，通才型管理者亲力亲为的传统遭到新泰勒主义的严重摧毁。新泰勒主义的主要表现形式就是所谓的专家崇拜。从此，共治式领导被帝王式统治替代，追求数据重过追求实务，通才型管理者被财务专家取代。龙头企业纷纷步入专家崇拜的迷途，从而丧失技术管理持续创新能力，亦为后来世纪之交的泡沫经济提供了一个合乎逻辑的背景。1969年的人类登月成功代表着深受清教徒哲学影响的美国伟大技师文化的终极胜利，也成为黄金时代不再的绝响。

当年开启日本管理革命的"西方三贤士"（萨若松、波尔金霍恩和普罗兹曼）的弟子井上文左卫门有一句名言：在任何地方，优秀管理仅仅是优秀管理。这适用于从制造公司到慈善机构，从国家政府到国际组织的任何机构。在肯尼斯·霍博和威廉·霍博看来，专家崇拜不仅仅摧毁企业，也对社会方方面面造成了严重影响，如战争、教育、医疗、经济政策等领域，无一不深受其害。专家崇拜酿成了自1971年至今的衰退（"蝗灾年代"），永远持续繁荣的美国梦渐渐破灭。美国是有可能恢复以前的经济增速的，但要实现这个目标只能依靠重拾那些早年龙头企业的优秀管理理论和实务。于是，通过本书的梳理，可以很容易得出以下结论：接纳清教徒的礼物，就会繁荣昌盛，背离它则必然走向衰败。作者进而认为，整个人类必须立即探讨如何组建并运营世界政府，以应对全球性的战争、环保等危机。而人类要持续地生存繁荣，就必须重拾清教徒的美德。对于今天处于持续动荡中的世界，仍然不失警示意义。

《清教徒的礼物》，［美］肯尼斯·霍搏、威廉·霍搏著，东方出版社2013年11月出版

地图：真实与想象

　　世界上现存最早的地图可以追溯到距今两万五千年前的旧石器时代，那是一枚捷克出土的猛犸象象牙，上面刻有附近的山峰、河流、村庄的样式。现在，中国云南西双版纳的一支象群正沿着与著名的胡焕庸线基本平行的路线向北迁徙，画出一幅神秘的地图，牵动了世界的目光。

　　目前已知最早的世界地图出现在四千五百年前巴比伦的一块泥版上，整幅地图呈罗盘形状，"罗盘"边缘一圈被海洋环绕，巴比伦城位居中心，周围分布着八个小圆圈，代表其他的城市或国家。两条可能代表幼发拉底河和底格里斯河的平行线，向下一直延伸到海洋。毫无疑问，这幅地图表达的是以巴比伦为中心的世界观。中世纪的欧洲地图常将耶路撒冷作为地图的中心，欧洲、亚洲和非洲由此放射出去，阿拉伯地理学家则习惯于把里海放在地图的中心。十一世纪出生于新疆喀什的维吾尔族学者马哈茂德·喀什噶里在其编纂的巨著《突厥语大辞典》中收入了自己所绘的一幅圆形世界地图。在这幅奇怪的地图上，世界的中心是一个鲜为人知的地名——八剌沙衮。它是作者身处的喀喇汗王朝的首都，位于今天吉尔吉斯斯坦托克马克附近。

比利时作家斯特凡·赫特斯曼曾谈及他在悉尼买到的一幅"乾坤颠倒"的地图——西伯利亚、加拿大、格陵兰岛位于地图的底端，开普敦、火地岛、阿德莱德位于地图上端，这样一来，原本孤悬海外的澳洲大陆轻而易举地成了世界的中心。无独有偶，曾有韩国学者将韩国地图旋转一百八十度重新绘制，以使其处于东亚三国的中心位置，从视觉上大大降低了朝鲜半岛对亚洲大陆的从属感。众所周知，中国古代传统中一直认为自己是中央之国。明朝万历年间来华的意大利传教士利玛窦在其绘制《坤舆万国全图》时，顺应中国人的心理，将位于远东的中国放在地图的中心，中国人心中的世界地理格局从此得以固定。这一切都印证了法国历史学家让·韦尔东的话："世界地图所反映的不是一个真实的世界，它所反映的是这个真实世界的一种寓意、一种秩序。"

早期的地图充满臆想和虚构，可以说，是梦想家，而非旅行家和地理学家绘制了它们。中国最早的地理学著作《山海经》中涉及两千多个地名，其中许多渺不可考。有人认为《山海经》描述的范围远大到地中海、非洲和美洲，还有人则认为它描绘的只是山东省或云南省。陶渊明诗云"泛览周王传，流观山海图"，据此看来，早期的《山海经》很可能是带有地图的，只是后来不见了。战国阴阳家邹衍更是以宇航员般的视角描绘了一幅地球鸟瞰图："赤县神州内自有九州……中国外如赤县神州者九，乃所谓九州也。于是有裨海环之，人民禽兽莫能相通者，如一区中者，乃为一州。如此者九，乃有大瀛海环其外，天地之际焉。"这影响到了道家文化中洞天福地、"十洲三岛"一类的概念，杜光庭编《洞天福地岳渎名山记》云："十洲三岛、五岳诸山皆在昆仑之四方、巨海之中，神仙所居，五帝所理，非世人之所到也。"后世园林家更是穷尽掇山理水之能事，模仿再现自然界里的崇山巨浸，这些微缩景观庶几可作地图观。

《圣经》中有伊甸园，佛教里有四大部洲和西牛贺洲。而在神话时代的希腊，众神亲自划定了道路的排布方式。罗马帝国的兴起，贯穿亚、非、欧三洲，大大促进了人们的沟通交流。无数官兵、僧侣、商人往来不断，增广见闻，丰富的地理信息被制图师一一记录下来，地图的内容由此日益丰赡、饱满。古罗马的地图自然以罗马为中心，所谓条条大路通罗马。四通八达的交通网络，显示出帝国强健的运行能力。在古代，获得一份信息准确的即时地图何其艰难，因为旅行的时间往往超过地理信息变化的时间。最著名的例子，莫过于张骞奉汉武帝之命出使西域，旨在联系伊犁河河谷的大月氏人一同抗击匈奴。张骞刚到河西走廊即被匈奴扣押，待其十年后脱逃，大月氏人早已被乌苏人逐出伊犁河流域，西迁阿姆河与咸海之间。张骞只好改变路线，辗转经大宛、康居两国，最终抵达大月氏的新家园。此时的大月氏距匈奴和乌孙已经很远，无意复仇。张骞只得无功而返。整个过程，我们可以想象为张骞在追赶一幅流动的地图。

历史上的地图多是观念的图景，像美国地理学家丹尼斯·伍德在《地图的力量》一书中揭示的："地图建构世界，而非复制世界。"没有地图，世界就无从把握，就不能为我所用。有时人们在意地图上的疆域甚于对现实疆域的重视，地图代表着无上的权力和法度。一方面地图如此重要，另一方面，人们对地图的陌生有甚于对历史的陌生。人们只是在需要地图时才打开地图，而很少审视和阅读地图。大航海时代之后，世界地图上已经没有了未知的拼图，但关于地图的想象依然不可或缺，因为地图不止包含过去，也包含着未来。王尔德在《社会主义制度下人的灵魂》中说："一幅不包含乌托邦的世界地图根本不值得一瞥，因为它遗漏了一个人类常常拜访的国家。而当人类在那里靠岸，他又骋目远眺，发现更好的国家，然后再次起航。"

斯大林时代的苏联人出去散步，常常需要带上两张地图。一张是十年前的莫斯科，另一张是十年后的莫斯科——他们手上 1924 年的地图已经过时，但新地图标出的总体规划的新建筑，实际上要到 1945 年方能竣工。而在非洲的某个小国，地图属于禁忌，不允许出售。

在利玛窦的老乡卡尔维诺的小说《看不见的城市》中，马可·波罗向忽必烈讲述了他所经过的一座座城市。符号化的城市，记忆的城市，欲望的城市……琳琅满目，美中不足的是，书中竟然缺少一份地图。卡尔维诺不可能想不到这个缺憾，只是现实的地图无法承纳这些虚构的城市。它们一旦在现实的大地上扎下根来，便失去了想象的土壤和空间。波兰犹太作家布鲁诺·舒尔茨笔下的鳄鱼街，是城市地图上的一片空白之地，象征着犹太民族在现实世界中无处安身的状况。卡夫卡笔下的城堡测量员，与其说是在勘测大地，不如说是勘测人的灵魂世界。

在亚里士多德看来，地理空间就是一种精神范畴。中世纪的基督徒画出象征圣父、圣子、圣灵的《三叶草地图》，发明了脱胎于此的 TO 地图。十八世纪的日本出现了《南赡部洲万国掌果地图》，四重螺旋漩涡象征宇宙能量中心的阿耨达池，流出《华严经·十地品》中的四条圣河。十八世纪中叶朝鲜的《天下图》，则可以看作是邹衍大九州学说与太极图的合体。

在中国传统文化中，地图与风水、堪舆密不可分，不仅指的是人们看到的大地的样貌，还包括肉眼看不到的阴间的世界，且指向人的身体和命运。道教著名的《内经图》，完全是一幅以山水设喻的真气运行路径图。身体即国土，真气运行所至，便是疆界。人体的许多腧穴都可视作地名，如内关、外关、幽门、巨阙、太溪、昆仑、丘墟、山根……十二经络像十二条交通线路，构成堪与《波伊廷格地图》相媲美的繁复图谱。中国古代地图几乎不依循科学实证，更多是出于心像，地图上的河流宛若血脉，山峦犹如大地的脊骨。西方也不乏相似的认识，有人将地图绘制在耶稣身体上，象征神的世界无处不在。奥登在《悼念叶芝》一诗中写道："他的躯体的各省都叛变了／他的头脑的广场逃散一空／寂静侵入到近郊……"一位身为佛教居士的医生告诉我，他的一位病人死里逃生，信誓旦旦地说自己去了地狱，那里的河流、树木都是黑色的，连同经行路线都和《地藏经》中描述的一样。这让我想起但丁的《神曲》地理学，博斯的《人间乐园》。与那些描绘外部世界的地图相比，这些生命意识深处的地图，更让人陌生和不安。

《地图时光机》，［美］凯文·J.布朗著，木同译，中国画报出版社 2021 年 1 月出版

第四辑

《经观书评》晒书客晒书六种

《王氏之死》

史景迁这本薄薄的册子，足以秒杀大多数小说，尽管这首先是一部学术著作。一部 1673 年的郯城县志、一本当地县令的回忆录以及一部同时代蒲松龄的《聊斋志异》，三者被蒙太奇地编织成一个绚烂而幽深的文本。故事的主角是一个枉死的年轻女子，在本书已经过半出场，她与情人私奔又被情人抛弃，只得回到家乡，最后被丈夫掐死并抛弃在雪地里。在叙述的高潮，史景迁用梦幻和诗一般落花流水的文字送葬一个平凡的女子，而写这些文字的灵感全部来自《聊斋志异》。我第一次看到这里时，惊得从沙发上滚落到了地上。

关于王氏这个小人物命运背后的大历史背景，书中展现了密集的苦难：地震、蝗灾、白莲教、水灾、饥荒、匪患、迷信、刑罚、道德戒律……"这些危机使生活变得毫无意义"。可以理解王氏的出走是为了免于窒息而死，但她一双小脚又无钱坐车，怎能保证在一个熟人社会里不被发现。出走的路上，每步都充满风险，无处藏身。这注定她被始乱终弃而浅行辄返。史景迁展现的王氏之死，使人清晰地看到，在这苦难的世界，卑微的生命是如何搐动在历史深处，并"将它的热量传送给手握着它的生命之躯"的。

[美] 史景迁著，李璧玉译，上海远东出版社 2005 年 1 月出版

《中国民间宗教史》

中国人常被说成是一个无信仰的族群，这其实只是晚近的一种谬传和误会。中国又常被归入儒教国家，实际上儒家文化的影响只限于礼制和士人，与一般民众的精神生活并无多大干系。甚至儒道释三教互补之说，亦不足囊括中国人复杂的精神世界。在那莽苍渊深之处生长着的野草般蓬勃而苦涩的信仰，鲜为人知，却对形塑民族心理和历史面貌起着难以估量的作用。

诚如作者所言，本书的首要价值在于揭示中国不仅有一部道教史、佛教史，还有一部变幻莫测、扑朔迷离、盘根错节、源远流长的民间宗教发展史。而我对这部近一百二十万字的巨著格外敬重，不仅因其"为两千年下层民众信仰的合理性做了有力的学术支撑"，更因感动于作者的悲悯情怀："我们并不信仰民间宗教，但我们理解它及它的信仰者，我们不止一次地面对各种信仰者平和的目光。我们理解他们的生活方式，绝不敢高高在上，告诉他们应该高高在上。"

这是治史者应持的温情和敬意，尤其是治正史之外的心灵史。越是卑微的世界，越需要信仰的照射，这光线虽然微弱，但穿透千年历史之暗室，迤逦至今。忽视这个世界，我们的历史就无从圆满。

马西沙、韩秉方著，中国社会科学出版社 2004 年 8 月出版

《中国近代思想与学术的系谱》

许多来自当下的疼痛与无力，常使人不禁发出何以至此的感喟。于是，忍不住回溯百余年前现代化艰难展开之际，意欲从源头寻找答案，然后方知今日种种仍是三千年未有之变局的一部分，今日中国仍行进于"历史三峡"中。王汎森先生此书清晰地勾勒出了自道光至 1930 年代中国近代思想学术变迁的轨迹，并给出了宽阔而独到的阐释，读来常有扑面的惊喜。

中国近代历史最不易被人察觉的吊诡之处，莫过于反传统很大程度借助的却是传统资源。而学术对现实的仓促应变，造成了价值与事实的分离，加剧了历史的非理性。百年来中国知识精英的奋起固然令人感动，但牺牲与成就之间的巨大落差，尤其令人扼腕痛惜。在波云诡谲的历史与现实之间，如何探求一条安稳可行的进路，这有赖于新的思想资源与概念工具，以"思考整理构筑生活世界，赋予意义，诠释过去、设计现在、想象未来"。

王汎森著，吉林出版集团有限责任公司 2010 年 12 月出版

《 因是子静坐养生法 》

去年冬天偶然见到沈昌文先生，见其虽年逾八旬却精神饱满，壮实有力，遂讨教养生诀窍，沈公果然提到这本《因是子静坐养生法》。沈公在其回忆录《知道》里自述早年曾跟蒋先生学习气功，称之为"在上海很得意的一件事，也是终生受益的事"。

静坐之法，原非佛、道二家专享，朱熹、周敦颐等大儒皆以此为修身之术，惜近代以来为时弊所不屑，渐渐淡出士林生活。愚以为晚清至五四以来的革命，对中国传统文化产生了两个致命后果：一是经学尽废，降格纳入文学；二是性命之学尽废，全盘科学卫生化。经学尽废，使知识与生命不复发生联系，传统文化的元气断绝；性命之学尽废，使中医养生堕出文人日常起居，沦为江湖左道，使人无自保之力，"赍百年之寿命，持至贵之重器，委付凡医，恣其所措"（张仲景）。经学与性命之学相辅相成，共同支撑起中国传统文化。这不是纸上习得的知识，而是一条艰辛修证的途程。对于心向传统的旅行者，这是极靠谱的一本入门指南；而对于科学教徒，面对此书敬请绕行。

蒋维乔著，中国长安出版社 2009 年 10 月出版

《五十自述》

作为当代新儒学中最富原创性和影响力的哲学家，牟宗三的宏伟著作如一座大山，横亘于传统与现代之间，以至于有人认为中国哲学面临的重要问题就是如何安置牟宗三的遗产。与其森然壁立的学术著作相比，在《五十自述》中，先生清冽的文字则摇曳着古中华的乡愁，空灵澄澈，如明前龙井，沁人心脾。这是我读到的现代中国最好的文字之一，有根有叶，有情有信，使人心驰神往，肃穆洁净。

牟宗三先生从山东半岛的乡村走出，自述"生命于混沌中长成"，"从漆黑一团的混沌中超拔"，笔尖处处流露着"客观的悲情"。"吾一生无长，只是一个学思生命之发展。"先生几乎以一人之力融汇儒释道三教，发挥外王新义，开辟出中西哲学汇通的大道。这本《五十自述》带着充沛的元气，漫过众多风云人物，展示了个体如何在漫长的动荡时代里安稳文化的灵魂。"学术生命之畅通象征文化生命之顺适，文化生命之顺适象征民族生命之健旺，民族生命之健旺象征民族磨难之化解。无施不报，无往不复，世事宁有偶发者乎？"读到这些"以生命顶上去"的文字，叫我辈如何不动容？

牟宗三著，台湾鹅湖出版社1989年1月出版

《旁观者》

大师忆旧，最可贵之处莫过于处处闪烁的真知灼见。这本书的英文副标题为："记录其他人物以及我所经历的时代"。作者表示自己旨在刻画一些特别的人，以及他们的特立独行。德鲁克深刻的洞察力和详尽的描述能力，使他足以跻身二十世纪最优秀的作家行列。本书每一篇都可单独成章，像一本短篇小说集，同时又相互勾连，共同组成一本速写像谱。

德鲁克在 14 岁参加青年军游行时，欣然发现自己不属于那个人群，而是一个旁观者。后来在纳粹兴起时早早离开德国，避免了不可测的命运。此后无论身处何地，他都清醒地站在旁观者的位置。"旁观者没有历史可言。他们虽也在舞台上，却毫无戏份，甚至于连观众都不是。"然唯有旁观者，能够看到世界的摧毁一面。

虽被誉为现代管理学之父，德鲁克显然志向不止于此。他以社会生态学家自居，一生致力于建设"自由而有功能的社会"。他写的一切无不强调人的多变、多元及独特之处，呼唤丰富有力的创造，以此对抗集权主义。德鲁克说这本书虽不是他最重要的著作，却是他最喜爱的一本。对广大志向远大的青年来讲，与其投奔市上各色满脸光鲜的心灵导师，不如取下这本书慢慢阅读，接受封面上的旁观者挑剔的注视。认真品味则不难发现，商业的前景亦在于人类广阔的心灵，在于真实与自由不可阻挡的力量。

[美] 彼得·德鲁克著，廖月娟译，机械工业出版社 2009
年 9 月出版

《南方周末》年度图书评选荐书十七种

（本文由作者应邀为《南方周末》历年年度图书评选所做推
荐书目评语辑成）

《独药师》：革命及爱情与药及养生之关系

《独药师》是张炜迄今为止最好看的一部长篇小说，一如既
往的复杂，而且在难度和观赏性上有了新的创新。张炜就像一
位功力深厚的独药师。《独药师》让我联想到石黑一雄的《长日
留痕》，马洛伊·山多尔的《烛烬》一类的作品，饱满、内敛、
节制而充满张力，有贵族气。一言以蔽之，《独药师》是诗。

《独药师》触及二十世纪之初的中国历史主题，揭橥出横亘
于救世（革命）与救心（教化）、杀身成仁与养生延命之间的悲
剧性悖论。特别是后者，这是此前从未曾被人书写的领域。书
中的人物一再叹惋，身处乱世唯一值得做的事情就是养生。《独
药师》让我们看到，在革命和启蒙的话语主潮遮蔽下，中国人
更恒定更执着的生命的追求。如草木葳蕤，如天经地义，生生
不息。天地之大德曰生，天下之事还有什么大得过长生？

《独药师》的精神背景正是古老神秘的方仙道文化。《独药师》中小屡屡提及（也是张炜念念不忘的）作家家乡那位著名的方士徐福。作家所承继的其实是湮灭已久的方士的传统，这使得小说充满异质因素。

令人难忘还有，张炜在《独药师》中塑造了季家老爷这样一位贾宝玉式的狂人，一个《霍乱时期的爱情》中的阿里索，一个情种加废物，不经意间也致敬了巴金的《家》、曹禺的《北京人》等现代经典。这是文学历史上的又一个新人，这个人物的意义将留待后人长久的解读。历史与爱情归根到底都是一种混乱的激情，使人百感交集热泪盈眶，最终一无所获。

张炜著，人民文学出版社 2016 年 5 月

《望春风》：一曲哀江南赋

继江南三部曲之后，格非的目光重回江南故乡。当初说好的"春尽江南"，怎奈哀伤无尽，于是有了这部《望春风》。《望春风》展现了一幅半个世纪以来素朴的乡村风俗画卷，作者视角放的很低，人物纯是农民，纯然回归人情和礼俗。时间之河缓缓流逝，与故乡的风土与风物一一揖别。工笔绵密，如展开的锦绣，呈现人间烟火的清明。当然，这并不意味着疼痛的消失，相反是"重返时间黑暗的心脏"，近乡情怯独寂寞。

格非念兹在兹的江南是中国文化的核心区域，此处一个村

庄的消失都是文化版图上的一处残损。在某种意义上，这是一部非虚构的作品。它勾起几乎每个人的黍离之悲，和平年代故园的消亡以及内心的迁徙，离家愈远，念之弥深。

格非著，译林出版社2016年6月出版

《黄棠一家》：荒唐人间

作为先锋文学一代"开山怪"的马原，近年重返文坛后出版的一系列"形而下"之作令人眼花缭乱。在新作《黄棠之家》里，他更是放弃叙事圈套，扑下身子撸起袖子，做一回接地气的说故事的人，借助对黄棠一家所代表的新权贵家族生活的生动描摹，以期达到对当下中国政治、经济、文化状态的总体把握。这简直是一个泥沙俱下的巴尔扎克和中国版《人间喜剧》。

黄棠者，荒唐也。最坏的时代与最坏的时代，本体化与全球化，权力与新贵的狂欢，新闻串烧与杂烩拼盘……想象力达不到的地方，尽是今天的现实生活。作为病人的马原看出这个世界病了，他隐居于西双版纳的南糯山鸟瞰人间，内心不由升腾起巨大的言说的冲动。他要"小说要从天上回到地下"。就像他的老友余华所评价的，这是"一个老江湖才能写出来"的小说，马原世事洞明的老道与颠扑不灭的天真在这本书中都展现无余。

马原著，人民文学出版社2017年10月出版

《芳华》：那一代人的"致青春"

《芳华》及其改编而成的同名电影，将对越自卫反击战这段半湮没的历史记忆复现于公共话语空间，这首先已经功莫大焉。这不仅是一个文工团的《芳华》，也是一代人的芳华，是"我承认，我历经沧桑"之后的"致青春"。当芳华逝去，山河故人，时代变迁令人心中无尽苍茫。在这部带有一定自传性质的小说中，严歌苓的真诚素朴足以动人。最值得一提的是，《芳华》贡献出了刘峰这样一个人物。不必苛求作品缺乏追问和批判，有刘峰就够了。这个几乎带有基督神性的好人，照出了善恶、人性、制度、文化。时代变了，善没有变，恶也没有变。不足之处可能在于书面故事化的语言，多少限制了作品叙事的深度和本应具有的诗性品质。

严歌苓著，人民文学出版社 2017 年 4 月出版

《房思琪的初恋乐园》：以血为墨书写她的芳名

这是一部《洛丽塔》式的自传体小说，只不过讲故事的人不是中年猥琐男亨伯特，而是少女洛丽塔。这是一个真实的故事，一个十三岁少女被年长她三十七岁的中学老师诱奸的故事。尤其令人痛心的是，写下这段亲身经历的那个少女在二十六岁时自杀而亡。她曾寄希望于写下就可以放下，最终放下的却是自己的生命。

抛开这本书和相关事件引发的社会话题不谈，单从文本的角度来看，这绝对是一部令我肃然起敬的杰作。我想所谓天才之作，指的就是这样的作品。林奕含的文字好到令笔者自卑，只觉自己为浊物。书中种种华丽、苍凉、疼痛、惨烈、肮脏、血污……水乳交融，触目惊心，又让人为之沉迷、低回。近乎挥霍且浑然天成的书写，显示出作者不逊于张爱玲的旷世才情。镶嵌其中的无数典故、比喻和技法，则暗示着作者深厚的艺术素养，以及训练有素和成熟、节制。这部以血为墨书写的小说经典，必将为她的主人赢得永恒的芳名。

林奕含著，北京联合出版公司 2018 年 2 月出版

《一个南方的生活样本》：戏仿与致敬

这部小说十几年前曾以《斯巴达》的名字出版，在小范围内被奉为神作，然后从这个世界上销声匿迹。"斯巴达"实则是本书的关键词，目前的标题其实是它当年的副标题。"斯巴达"从封面上的取消，可以视作神话的进一步崩塌——无论是经典意义上的，还是世俗意义上的。

康赫用四十万字的篇幅书写了一座中国南方城市的十六个小时的生活，不难看出，这是对乔伊斯《尤利西斯》的戏仿与致敬。这是一部以斯巴达的气度书写的日常生活的史诗，它泥

沙俱下，吞吐珍珠与垃圾，充满豪华的卑琐，驳杂、饱满、粗粝，汁液四溢，一种眼花缭乱的喧嚣。它不是剧场式的狂欢，直接是狂欢的剧场。它是方言版的世界文学，它在中国当代文学中的重新出现，天然带有出土文献性质。就像三星堆给中原文明带来的异质化冲击，康赫及其作品在不可能的时代顽固地要求着存在。

康赫著，作家出版社 2018 年 6 月出版

《艾约堡秘史》：世纪荒凉病

从 2016 年的《独药师》开始，作家张炜开始了他的新变法，变得更加好看、更加恣肆。这是一个即将进入通常人们所说的晚年，却仍然不断自我进化的作家，可敬又可怕。

在《艾约堡秘史》中，张炜式的弥漫性的语言笼罩着全书。一边欲念，一边沉思，一边抒情，一边戏谑。此书摹写资本扩张、改写下的地方中国经验——一个海岬村落与企业帝国、金钱与人性之间的碰撞，也是历经沧桑的中年男女的身体史，通篇充满令人匪夷所思的奇谈怪论，堪称一部新时代的"齐东野语"。

书中的人物既孔武有力，又风流成疾，甚至患上奇异的"荒凉病"，理想、磨难、欲望、救赎构成复杂的心灵图景，也映现出中国当代社会文化变迁的繁华与荒凉。所谓艾约堡的

"艾约"一词，其实是痛不欲生的呻吟的"哎哟"，在看似无往不胜的征服与行乐中绝望地哀求，这不仅是主人公——也是几乎所有现代人共同的命运。

张炜著，湖南文艺出版社 2018 年 1 月出版

《光年》：生活的秘境

詹姆斯·索特在西方被认为是一个"作家中的作家"，但与博尔赫斯的超现实主义不同，他在日常生活中展开一切，意义到内容为止，有点像韩东的"诗到语言为止"。詹姆斯·索特行文有着海明威的硬朗，菲茨杰拉德的风流，整体上像一个长篇版的卡佛。他是垮掉派的同龄人，出道于二战后西方政治文化最为跌宕起伏的时代，但他的作品过滤了年代信息和政治符码，人物有如生活在真空，反倒赋予了作品一种神话色彩。这使人想到，他毕竟是知名度仅次于《小王子》的作者圣埃克苏佩里的战斗飞行员作家，自然拥有俯瞰人间的视野。

《光年》描述婚姻的领地，那是生活的秘境，闪烁着时而明亮时而幽微的光。这堪称神圣的光照亮了普通的生活，主人公也是不以普通为普通的生活英雄。人生仿佛什么都没有完成，而生活本身已经功德圆满。作者的叙述像一幅幅流逝的电影画面，清澈简洁的镜头语言诉说着生活的消逝，在一个个细节之中抵抗着时间的损蚀，构成奇异的类似普鲁斯特式的魅力，很

多地方又让人联想到汉密尔顿的名画《到底是什么使得今天的家庭如此不同，如此有魅力》。阅读《光年》，很难不被它静水深流又细微入骨的魅力感染。

［美］詹姆斯·索特著，孔亚雷译，广西师范大学出版社2018年6月出版

《里卡尔多·雷耶斯离世那年》：佩索阿与里斯本情书

里卡尔多·雷耶斯是葡萄牙伟大的现代诗人费尔南多·佩索阿虚构的一位诗人，佩索阿将自己的诗歌托名于包括里卡尔多·雷耶斯在内的众多虚构的诗人，他设定了雷耶斯的生平和风格——伊壁鸠鲁似的医生，贺拉斯似的冥思与行吟，却没有给出雷耶斯离世的时间，于是这给了萨拉马戈写作本书以可乘之机。在这部小说中，当佩索阿去世后，里卡尔多·雷耶斯闻讯从葡萄牙领地巴西里约热内卢万里迢迢赶回里斯本，与佩索阿的灵魂相遇，一同在里斯本迷宫般的街道漫游，目击战争的阴云下萧索、衰败的生活，也切磋着思想与诗艺。

这是萨拉马戈写给他和佩索阿共同的故乡里斯本的情书，亦让人联想到帕慕克献给自己故乡的"呼愁"——《伊斯坦布尔》。萨拉马戈以佩索阿《惶然录》般的语言描绘出里斯本的阴雨与晨昏，街道与光影，帝国斜阳浸透着灵魂的乡愁。全书自始至终氤氲着茂盛的诗意，如音乐的流水美不胜收。里卡尔

多·雷耶斯的寻根之旅，也恰好揭示了诗人在世界上无根的漂泊。像佩索阿借助另一个假名伯纳多·索阿雷斯之口所说——"写下即永恒"，诗人只有在文字中才能安妥自己的灵魂。

[葡] 若泽·萨拉马戈著，黄茜译，作家出版社 2018 年 6 月

《月落荒寺》：东西意境

《月落荒寺》再次证明格非是一位在探索小说技术与心灵的幽微之地两个方面同时走得最远的中国作家。或者说，他使小说重新成为一片未知之地，又使人深切感受到触手可及又无限遥远的疼痛的真实。这个富有中国古典意蕴的书名实则来自德彪西的乐曲，这也在提醒读者，格非或是罗伯－格里耶的中国传人。

《月落荒寺》的情节自格非前作《隐身衣》衍生而来，讲述一个扑朔迷离的当代都市故事。草蛇灰线，伏脉千里。可以预见这将是格非下一部长篇甚或系列小说的一环。书中引人入胜的神秘氛围与悬疑设置，使人有理由相信格非转身开辟新一派推理小说也顺理成章。无论是格局、视野还是对后全球化背景下心灵世界的敏锐书写，都可以看出格非的写作已经相当的国际化。

格非著，人民文学出版社 2019 年 9 月出版

《西北雨》：台岛人鬼之间

《西北雨》的得名应是来自闽南地区一首带有招魂气息的古

老民谣，魔幻与梦境交织的氛围，则让我想到胡安·鲁尔福的《人鬼之间》，以及取材于墨西哥风俗的好莱坞动画《寻梦环游记》。或者说，这是一部以《百年孤独》的手法书写的《霍乱时期的爱情》。

童伟格的写作是一种从词语根部开始的写作，他使用一种类似布鲁诺·舒尔茨那样极其绚烂又极富生长性的语言，通篇散发着亚热带岛屿特有的潮湿、溽热、浓郁的诗意，既华丽炫目，又饱满密实。这是继骆以军、黄锦树、甘耀明之后港台及海外华文文学又一让人惊艳的发现，充分展示了汉语书写族群心灵史诗的丰富可能。这样的写作不仅属于文学，同时也属于人类学和诗学。

童伟格著，四川人民出版社 2019 年 9 月出版

《死海之滨》：信仰的幻境

《死海之滨》延续了远藤周作对信仰的持续关注，以及对人与信仰之间紧张关系的洞察，对于人性的软弱寄予悲悯的同情。小说由两条线索组成：一条是现实中的"我"在耶路撒冷朝圣，寻访耶稣留下的足迹；另一条是耶稣最后时光的六个亲历者，他们对耶稣生平的见证和回忆。两条线索交替行进，构成历史与当下、想象与真实的双重变奏。

《死海之滨》致力于探寻信仰的艰难与珍贵，令人信服地写

出了基督是如何穿越他所遇见的每个人的一生——特别是那些抛弃他的人，留下痕迹。远藤周作的讲述使人看到，信仰意味着在一个不义的世界上建筑起海市蜃楼之爱。这爱又像沉默的深河，令人感动，久久不能平息。

［日］远藤周作著，浙江文艺出版社 2019 年 9 月出版

《逃之夭夭》：人书俱老话浮云

本书可以看作是一位年近九旬的老人写给即将离开的世界的告白之书。马丁·瓦尔泽被誉为与君特·格拉斯齐名的德国国宝级作家，这个"高寿健康保守幸福"的老人的晚年生活，像他书中反复吟哦的"日子有点太美了"。

书名本义指的是狩猎时猎物最终脱逃的一次闪弯。马丁·瓦尔泽已是时间的漏网之鱼，因此获得了前所未有的自由。无论纠缠他一生的文学批评、政治，还是爱情，都已"宛如浮云，远在天边"。本书延续了马丁·瓦尔泽"角色散文"式小说风格，旁征博引，絮絮叨叨，睿智诡辩，荒诞变形，中间夹杂着一些干净漂亮的人物速写和戏剧化片段。马丁·瓦尔泽特有的魅力恰恰产生于语言与事物之间的疏离。看啊，他已人书俱老，从心所欲而不及物。

［德］马丁·瓦尔泽著，浙江文艺出版社 2019 年 9 月出版

《匡超人》：超人大作战

小说"超人"骆以军以其魔性、暴力的写作，打通了小说这一文体的奇经八脉。孙悟空的无法无天，哪吒的三头六臂，二郎神的神魔同体……仿佛诸神附身，天马行空，元气淋漓，以惊人的密度与速度书写了一部令人眼花缭乱的后现代奇书。书名脱胎于《儒林外史》中的小儒，深具《围城》意味，亦不乏鲁迅笔下知识分子的气息。读者可以从中辨认出陈映真、袁哲生、邱妙津等逝者，勾连起一系列殇逝的文化悲情。

这是一部东南亚岛屿上的《荒野侦探》，一部混乱的《2666》，虚实相生，真假难辨，庄严与戏谑杂陈，叙事与评论和盘端出。我愿意将其称为长篇杂文，是大匕首大投枪，是倚马千言，是欲毕其功于一役的混战。

破鸡鸡——一个难以启齿的创口被作者堂而皇之地推出，像一个男人的器官上长出一个女人的器官，那样直白、丑陋、难堪和真实，又像是一个能指与所指融为一体的隐喻。它和这个世界一样原生态，一个溃败的坍塌的黑洞，不无对乱世的哀悯与敬畏，如《恶之花》镶嵌于《巴黎的忧郁》。

骆以军著，上海文艺出版社 2020 年 6 月出版

《乌暗暝》：马华狂人梦呓

相比中国台湾，马来西亚是更为遥远的想象的异域，马华文学蕴含着更加古老的孤独和乡愁。黄锦树的小说是马华文学绽放出的奇异之花，一种孤绝的物种。这部小说集中的诸多篇什，都有着那片土地一样原始粗粝的质地，又像当地的植被那样繁复斑斓，像热带的急流、暴雨一样酣畅淋漓。

黄锦树的写作以"恶童"造反起家，在孤悬海外的马华文学与中国文学和世界文学之间生生拓开一片天地。笔力遒劲所至，孤岛竟有独自成陆的意味。马来华人边缘的族群历史，经其悉心书写，记录或伪造，形成一桩魅影憧憧的"大卷宗"，一份颇具人类考古学意味的考察报告，一部痴人说梦般的民族寓言。

换个角度来看，黄锦树身上反倒延续着中国五四一代作家的家国、故土经验。历史文化的断裂和吊诡，在他身上找到了一个奇异的出口。《乌暗暝》是一部和它的名字一样晦暗难明的文本，却又处处透露着书写的自觉，彰显出"强烈的文学史意识"（杨照语）。无论如何，黄锦树的习作都是当代汉语中最为孤绝、奇异的一支。他率领笔下那些诡异的魂影，仿佛一位"亡军的将领"。

黄锦树著，上海文艺出版社 2020 年 1 月出版

《灰衣简史》: 浮士德转世中国行

像其名字所示, 李宏伟是一个有志于宏伟的作家, 《灰衣简史》是一部精心构建的宏伟之作。作品无论其强劲密实的想象, 浓郁强烈的哲学思辨, 还是多重互文的文法修辞, 都显示出作者足够的文学野心和充沛的写作准备。

书名脱胎于德国作家沙米索的小说《彼得·史勒密尔的神奇故事》(又译作《出卖影子的人》), 这本书某种程度上也可以看作浮士德与魔鬼订约的中国版。灰衣人是一个收买影子的人, 灰衣也恰到好处地呈现出历史与认知中的中间状态的基本色调, 暧昧、混沌。书中铺陈当下物质与精神的中国即景, 经由巴洛克式的裂变, 最终达到超验的境界。

正如影子可以看作人的一种形式, 人也可以看作是上帝的影子。在今天, 这样的写作弥足珍贵, 它引发人们思考存在和小说本体的问题, 这些问题本身就自具价值。

李宏伟著, 长江文艺出版社 2020 年 7 月出版

《岛》: 少年与岛

马来小镇青年黄锦树的小说里离不开一片橡胶林, 海南青年作家林森笔下离不开麻黄林, 一种带有作家个人记忆的在地的文化地理学标记。《岛》描写海南大开发的时代洪流背景下,人们被迫告别故乡，寻找心灵原乡的故事。里面的人物不是梦想回归故里，而是决意向尚未开发之处迁徙，幻想再到一个荒无人烟的地方开始创世纪，"做一世祖"。这是一种奇怪的执念，但又与海南的地老天荒气质浑然一体。

对于大陆来讲，海南是天涯海角，而对于那些偏远的离岛，海南岛又成了大陆。无论是作为城市放逐的浪游青年的"我"，还是那个被命运愚弄自我流放荒岛的鲁滨孙式的老人，每个人都是一座孤岛，走近他，才能了解到一段不为人知的故事。郑智化的老歌《水手》中唱道："只有远离人群才能找回我自己。"现代人的孤独，未尝不是一种古老的本能。

林森笔下的大海有着19世纪浪漫主义文学的色彩，瑰丽、澄澈、梦幻，人的行动凸显于宏伟的大自然背景下，雕塑出人与自然的颂歌。在当代文坛中，这样的写作越发具有清晰的辨识度。

林森著，北京十月文艺出版社 2020 年 10 月出版

如何写远比写什么更具有专业性

——启真馆公号荐书十种

《午夜北平》

钱锺书曾戏称史景迁为失败的小说家，但若依拙见，史景迁的小说功力，实不在钱锺书之下，甚至更为高明。史景迁、魏斐德、孔飞力三大汉学家，都是讲故事的高手，称其为三大小说家也不过分。海外汉学中的一大部分都以小说笔法见长，保罗·法兰奇的这部引人入胜的非虚构作品也可归入其中。看来，有必要发明一个概念，不妨叫作"历史学小说"，指称一种基于历史学研究的叙事，一门学术化的新小说文体。

魏斐德在自己的书中将抗战时期治安混乱、犯罪势力猖獗的上海城西命名为"上海歹土"，与之相对，《午夜北平》描绘了同一时期的"北平恶土"。作品借助一件不乏情色的少女尸解案件的侦探过程，抽丝剥茧地展开各色人物的行为、心理，细致入微地塑造与还原了令人恐怖不安的时代氛围。所谓"北平恶土"，指的是北京城里介于洋人居住的使馆区与旗人所居住的鞑靼城（即内城）之间的一片藏污纳垢之地。那是一片属于流浪汉、逃犯、无法无天者的乐土，也是一片叙事学上的飞地。正是在这样的地方，发育出历史细部畸形的真实，将异国情调、地下社会融为一体，锻造出奇异的风景。

有意思的是保罗·法兰奇最早是从埃德加·斯诺《西行漫记》的一处注脚注意到这个案件，案件就发生在斯诺家不远处，死者和她父亲他都认识。在斯诺宏大叙述忽略的地方，保罗·法兰奇展开了漫长而详细的调查追踪，最终贡献出了这部堪称华丽的黑暗之书。尽管这起发生在乱世的异国少女之死很快就被随之而来的战争淹没，但通过《午夜北平》被奇迹般地复活，并可以想见将永远栩栩如生地存在下去。作者似乎借此告诉我们，所有的生命都值得尊重，所有的不幸都需要抚慰，所有的正义都会通过书写得以伸张。

［英］保罗·法兰奇著，兰莹译，社会科学文献出版社2019年3月出版

《左道：中国宗教文化中的神与魔》

旁门左道，往往意味着不为正统所容的精神历史现实。在中国的精神文化史上，那是儒释道信仰之外的晦暗之地，鱼龙混杂、神人杂处的魔域，也是芸芸众生聊以寄托的桃源。它像野草一样不断被删刈，又不断蓬勃兴起。它既给人精神抚慰，又吞噬人心，像一座黑暗不见底的深渊，中间又有幽微之光引

诱着人不断奔赴其中。

本书的主角是中国民间信仰中的五通神，它既能给人带来意外之财，又以淫荡、残暴著称。作者通过对五通神信仰的考察，揭示出包裹在集体无意识深处的一种暧昧，一种残酷生存现实与理想天国之间危险的平衡。那是阳光照耀不到的"沉默的大多数"的一种精神生活，却在不知不觉中形塑着一个民族的文化与性格。

［美］万志英著，廖涵缤译，社会科学文献出版社 2018 年 8 月

《铸以代刻：十九世纪中文印刷变局》

本书台版副标题原作：传教士与中文印刷变局。所谓 19 世纪中文印刷变局，实是近代基督教来华传播的伴生之物。如古登堡圣经开启现代印刷文明，技术的进步往往带来天翻地覆的文化变迁。历史的吊诡亦常表现为种种歪打正着、曲径通幽。

19 世纪初期中国的闭关锁国一度使得基督教东传难以为继，聪明的马礼逊意识到传教士不能进入中国，但书籍却可以进入，于是印刷出版遂变为传教的必要手段。由于中文木刻人才难寻，遂努力发展出以西洋金属方法制造中文字模，即所谓"铸以代刻"。传教士及其中文印刷所先是辗转于马六甲、巴达维亚等南洋各地，最终成功移植中国本土，且扎下根来，结成硕果，进

而影响到中国现代新闻出版、文化教育、文学、科学等方方面面。

本书梳理了西式活字印刷在中国的发展历程，既是一部印刷出版史专著，同时也是一部基督教传教史。一体两面，相互成就，不可或缺。作者苏精将近代传教士中文文献视为又一座敦煌藏经洞，此书可谓是撬开了一道门缝。

苏精著，中华书局 2018 年 5 月

《两头蛇：明末清初的第一代天主教徒》

黄一农先生由天文学家转行做历史学家，从宏大炫目的时空尺度和无限精微的细节之处同时着力，不免带给人耳目一新的欣喜。本书将明清天主教放在大航海时代背景下考量，展现耶稣会士与中国士绅之间的对话，继而以王澂、魏学濂、韩霖等信徒为例，探索文化冲突与融合问题，并对著名的礼仪之争做了重点描述。问题的宏伟与材料的丰赡，给人蔚为大观之感。

在中国文化传统中，"两头蛇"是不祥的象征，见之者死。春秋时期孙叔敖杀两头蛇的故事被作为义举，广为流传称颂。本书以"两头蛇"指代纠结于儒教与基督教之间的早期天主教徒，写出了他们首尾两端、犹豫不定的矛盾与挣扎，精神与际遇的分裂。放大观之，即是中西文化之间的冲突与调适。这种两难的宿命一直延续到今天的中国知识分子。所以，我们今天读此书，并不对内中的人物困境感到陌生。

黄一农著，上海古籍出版社 2015 年 4 月

《中国佛教史迹》

20 世纪 20 年代，时任东京帝国大学教授的常盘大定先后五次到中国踏察佛教史迹。其时，天下是一盘动荡无常的棋局，远未大定。常盘既感慨中华文化正遭遇前所未有的破坏，又忧心一旦未来中国醒来（走向现代化），千古文明会不会荡然殆尽。如其书中所言，"国土虽分东西，人心不隔彼此"。他的考察行为开始就有一种历史的紧迫感，不仅收集史料、钩沉记忆，也记录寻访过程，从而保留了鲜活的现场。在他目光所及之处，无论凋敝的城镇，土匪出没的乡村，护照上提醒"不靖"的孔孟故里，乃至古寺夕照，荒草枯树，无不诉说着古老中华的衰落与病困，也衬托出末世的荒凉与宗教的肃穆。

常盘大定的考察以隋唐为中心，上溯南北朝，下迄两宋，尤以北方关注最多，多补前人所未涉及，殊为难得。今天看来，本书以及他与关野贞合著的更为宏伟的《中国文化史迹》，不但是珍贵文献，更具奠基之功。

［日］常盘大定著，廖伊庄译，中国画报出版社 2017 年 11 月

《加缪手记》

作为 20 世纪最具影响力和人格魅力的作家、哲学家，英年早逝的加缪，所留下的一切文字都值得珍惜。人们对加缪的特别热爱，是因为从没有人像他那样充满热诚与睿智地爱着人类，爱着自己。继其生前未竟的长篇小说《第一人》之后，加缪生前的艺术草稿和随笔以《加缪手记》的名义被陆续整理出版。这可能是加缪奉献给读者的最后的文字，又是其最原始鲜活的思想，保持着生动的表情和心跳。

这是研究加缪其人和思想不可替代的一手资料，这些片段当中闪现着高贵的日常，涌动着思想的起源。一个人如何孤独、勇敢又温柔地迎向虚无，跃然纸上。阅读这些文字，一种共时性使得我们与它的主人紧紧联通，那就是若有若无的现代人的命运。那来自文字背后的坚定、友善之手，依然能够将我们抚慰。

［法］加缪著，黄馨慧译，浙江大学出版社 2016 年 7 月

《浪荡子美学与跨文化现代性》

"浪荡子"的概念最早来自波德莱尔，波德莱尔以其充满感官色彩的诗歌以及关于巴黎城市景观的卓越摹写，成为"浪荡子"美学的鼻祖。本雅明和福柯对其都多有发扬，彭小妍亦受

此启发，以旅行、摩登、跨文化为关键点，开掘出一段融合人物、文本、观念的现代性文化旅行故事。

同其他文化风尚一样，浪荡子美学也经历了一个西风东渐的过程，发轫于第一次世界大战后的法国"疯狂年代"，继而传播至东京和上海。毫无疑问，它是都市化和现代化、国际化的产物，像一面镜子，折射出文化、时代生活的多样性与流动性。

从保尔·穆杭到横光利一，再到刘呐鸥、穆时英，彭小妍梳理了东西方浪荡子作家及其作品中的人物形象之间的关联，以及背后的现代性文化潮流。这是一次饶有意味的探寻。作者使我们看到，浪荡子如何把浮光掠影的外在之物纳入自身，自己又成为外在之物。通过对摩登与时尚的译写，不断改变着自己的文化身份。那是一种居间性的调和，又构成现代性认知的新起点。

彭小妍著，浙江大学出版社 2017 年 7 月

《行者诡道：一个 16 世纪文人的双重世界》

凭借《马丁·盖尔归来》《档案中的虚构》等一系列不无炫技的作品，娜塔莉·泽蒙·戴维斯俨然可以位居当代最会讲故事的历史 – 人类学家之列。前者被誉为后现代史学和微观史学典范之作，后者则利用独特的材料，别具匠心地建立起关于赎罪的诗学。《行者诡道》再次展示了她利用、组合史料，展开深

度多重叙事的高超技艺，借助手抄本、档案和前人著述，立体化地挖掘展示了多样性的人物，也重构了当时的非洲与伊斯兰世界。

与马丁·盖尔的故事类似，在戴维斯之前，16世纪非洲穆斯林外交官瓦桑的传奇故事，已被西方知识界广为知晓，且被反复书写过。如黎巴嫩裔法国小说家阿敏·马卢夫的《非洲人莱昂的旅程》，被翻译成27种语言，并先于本书一年译成中文出版。这里的莱昂，就是瓦桑。除此之外他还有多种译法，像他的多重面孔，散发着神秘的魅力。瓦桑曾被葡萄牙海盗掳掠，敬献给罗马教皇，并改变信仰，在奉献了一部影响了欧洲对非洲认识的《非洲寰宇地理志》后，悄然消失在历史深处。

戴维斯的著作有如一部精彩的侦探小说，结合文本批评和推理、演绎，勾勒出身处两大对立世界夹缝中的主人公的心像。戴维斯的写作是方法论的胜利，她的成功再次指出了一个朴素的真理：如何写远比写什么更具有专业性。

［美］娜塔莉·泽蒙·戴维斯著，周兵译，北京大学出版社2018年11月

《幌马车之歌》（增订版）

20世纪80年代末，侯孝贤的电影《悲情城市》揭开了台湾历史深处一段隐秘的伤痛。影片中，囚犯们合唱一首深情忧

伤的歌曲为即将就义的狱友送行。这首歌的名字就叫《幌马车之歌》。《幌马车之歌》实际是一首"歌唱满洲的充满异国情调"的日本歌曲，这个出人意料的细节显示了历史情感的多义与复杂。

侯孝贤导演的《悲情城市》及《好男好女》的故事原型，即来自蓝博洲的纪实作品《幌马车之歌》。《幌马车之歌》通过对被遮蔽的台湾左翼运动史的挖掘，打捞出历史灰烬里的牺牲者，重现了钟浩东、蒋碧玉等左翼青年在20世纪50年代白色恐怖中的悲凉境遇，以此修复撕裂的历史意识。

作者糅合新闻、史料、口述、图片，编织成一个多面立体的叙事文本，将诗性的品质与小说的可读融为一体，达到了很高的写作成就。而始终保持如一的冷静、克制和简洁的文风，更能传递出历史深处的悸动。

蓝博洲著，生活·读书·新知三联书店2018年3月

《最危险的书：为乔伊斯的〈尤利西斯〉而战》

《尤利西斯》被誉为世界文学中的一部"天书"，而其诞生的历史是一部同样精彩而惊心动魄的大书。借用作家薛忆沩在本书序言中的统计，围绕《尤利西斯》的合法性的战争，跨越大西洋两岸，持续时间之长超过了两次世界大战。可以说，这创造了与《尤利西斯》平行的又一个神话。

今天的读者恐怕已很难理解《尤利西斯》因何危险，以至于被禁止被焚毁被走私被查没，这其实要归功于《尤利西斯》本身的胜利。这部前所未有的作品，将世俗神圣化和神圣世俗化融为一体，最美丽最淫秽最肮脏也最洁净。它是对腐朽的文学语言和旧的道德世界的全面开战，一旦取得胜利，也永远改变了文学的标准。伟大的小说总在探测着危险的边界，从而在现实空间里不断拓展着人类心灵的自由。

凯文·伯明翰在本书中梳理了印刷文化与权力审查的角力，纤毫毕现了时代语境与道德生活的变迁，在纷纭的史料与众声喧哗中开辟出秩序，展现出卓越的文学洞识。这既是对乔伊斯及《尤利西斯》的致敬，也可以看作是以新鲜有力的写作对那场漫长卓绝的战斗的继承。

〔美〕凯文·伯明翰著，辛彩娜、冯洋译，社会科学文献出版社 2018 年 11 月

斑斓与磨灭

——2020 的阅读生活

2020 年是一个压抑的年份，新冠疫情改变了世界，人们被迫投入一种普遍的类似封闭的生活状态。我常常因此想到纳尔逊·曼德拉长达 27 年的监狱生涯。他写于狱中的 255 封信现在被结集出版（《曼德拉狱中来信》），读之可以从中汲取沉默的力量。学习一颗坚韧的心，永不绝望，永不放弃，借此度过茫茫黑暗，迎接光辉岁月。

不仅是疫情，2020 年的美国大选，使世界上最强大的国家陷入前所未有的分裂。作为读者，很难不从隐喻的角度看待《辉煌信标：美国灯塔史》这本书的书名。尽管，这确实是一部历史地理读物，一部海洋与科技史，甚至只是一部照明技术创新史。对于一个从北美殖民地独立起来的新国家，灯塔的历史就是一个国家的历史。从横渡大西洋的殖民地之光，到独立战争的兵家必争的标志，再到靠海为生的人们的生产生活，灯塔照亮了这个国家的进程。与作者的上一部书《利维坦：美国捕鲸史》类似，本书集中展示了关于灯塔的百科全书式的知识。

从神奇的鲸鱼油灯到悲惨的海难，再到忠诚艰辛的灯塔守护人的故事，无不引人入胜，惊心动魄。

在这个艰难的时代，没有什么比信仰更珍贵，唯有信仰是不灭的灯塔。远藤周作的每一部小说都可看作"信史"——关于信仰的历程，而且都是于史有据。《武士》延续日本天主教信仰史这一写作脉络，以17世纪日本遣欧使节支仓常长远渡重洋的真实历史为素材，描写了东西方文化的对撞，呈现极端状态之下关于信仰与命运的艰难拷问。他持续地关注受难的荣光，将人的灵魂架到火上去烤。这是一部比《沉默》更壮阔的史诗性作品，有些场景甚至闪耀着莎士比亚式的悲剧光芒。肃穆坚忍的主题之下，作者的叙述始终充盈着东方式的微妙感性，构成其独特的诗意魅力。

信何其艰难，怀疑却是人性之本能。根据圣经里的记述，耶稣复活之后，十二门徒之一的多马为证其真伪，曾以手指触摸耶稣的伤口，故多马以"怀疑者"著称。《怀疑者多马》梳理了多马在历代文本、绘画中的形象，追溯其生成、演变的过程，阐释多马行为背后的心理与文化机制，有如一次抽丝剥茧的灵魂侦探行为，触发的思考引向知识与信仰、肉体与精神等无尽的对话。

在圣经中，上帝通过变换人类语言瓦解了人类建筑巴别塔的工程，而翻译则意味着巴别塔重建的可能，尽管很可能是在建造另外一座不可能实现的巴别塔。《巴别塔之后：语言与翻译面面观》涵盖语言修辞、语言哲学、文学批评、神话诗学等诸多门类，既考察语言生态的林林总总，探讨翻译中的变形和缺失，又肯定变形中的恒常性。从基础语言到神启，从语际迁移到文本与音乐之间的改编……充分显示出乔治·斯坦纳开辟性的洞见。

回望古登堡印刷术发明之前的知识世界，则是抄本的世界。从莎草纸到犊皮本，从缮写室到藏经洞，无数人经年抄写劳作，甚至数十年始得一本书。这些珍贵的抄本为皇家和寺院收藏，世所罕见。《非凡抄本寻访录》挟12份珍贵泥金本抄本，为读者展开一段近乎奇观的中世纪书籍文化之旅。从《圣奥古斯丁福音书》到《斯皮诺拉时祷书》，跨越千年，一路"耍宝"。览之目眩，叹为观止。抄本的非凡除却本身之珍贵，亦在于其承载的古典学、版本学、宗教学等知识之琳琅满目、艰深晦涩。

《寻路者：阿拉伯科学的黄金时代》则将人带至另外一个同样陌生的知识世界。借由此书，我们了解到，原来古希腊天文家托勒密取得伟大成就是在埃及的亚历山大，黑暗时代的欧洲肮脏不堪，清洁的伊斯兰世界制造出工业化固体肥皂，而咖啡则实由阿拉伯世界传入欧洲，变成西方文化的象征。由阿拔斯王朝哈里发阿卜杜勒玛蒙在9世纪开启的阿拉伯科学的黄金时代至公元1000年左右达到顶点，直到15世纪中期，才被欧洲超越。诚如诺贝尔物理学奖得主阿卜杜勒·萨拉姆所说，科学史与文明史一样经历了循环往复。

知识具有普世性，人类的悲欢却并不相通。以色列新一代作家凯雷特与格罗斯曼、奥兹等前辈作家不同，不再背负沉重的历史与道德重任，而是消解崇高，坚决回到琐屑、庸常的世俗场景。《银河系边缘的小失常》是一本密集段子集，各种暴力小故事，一首首小诗，小确幸与小勾引……脑洞大开，妙趣横生。这从另一个角度说明，以色列已经是一个正常国家。历史的伤痕已被疗愈，全球性的后现代人的通病开始丛生，小失常实是小正常。

若想在乱世求得逍遥和超越，在出世和入世之间求得平衡，必是一等的高人。古往今来，唯有苏轼。看作家张炜写苏东坡，如"追溯一段往事，怀念一位老友"。六经注我，我注六经。千古之下，浑然一体。不戏说，不说教，全以心与心碰撞。既洞若观火，正大丰赡，又如得其情，体贴入微。非对历史文化、体制传统、世道人心有足够深的阅历和体悟，断然写不了苏子，写不出此书。书名《斑斓志》，斑斓乃是生命的纹理和质地。以苏轼如此斑斓的人物，也只有如此斑斓的文字才能为其造像，摄写灵魂，动人心魄。

无论中国人的思古幽情，还是日本的侘寂之美，都隐含着对摩灭的迷恋。所谓摩灭，即万物经时光之手抚摸，留下趋于灭迹的痕迹。四方田犬彦这本小书收集各种磨灭，从石臼到欧珀石，从京都到吴哥窟，从萨福的诗到口中的硬糖……以《摩灭之赋》书写一种摩灭美学，揭示出残缺、无常乃是生命的终期之相。一切事物都处于摩灭之中，摩灭他物的同时也磨灭自身。在无尽的摩灭之流中，寄寓着深深的存在之情。

（《新民周刊》）

《曼德拉狱中来信》，［南非］纳尔逊·曼德拉著，姚军译，文化发展出版社 2021 年 1 月出版。

《辉煌信标：美国灯塔史》，［美］埃里克·杰·多林著，冯璇译，社会科学文献出版社 2020 年 6 月出版。

《非凡抄本寻访录》，［英］克里斯托弗·德·哈梅尔著，林国荣译，社会科学文献出版社 2020 年 4 月出版。

《斑斓志》，张炜著，人民文学出版社 2020 年 7 月出版。

《摩灭之赋》，［日］四方田犬彦著，蕾克译，北京联合出版公司 2020 年 1 月出版。

《武士》，［日］远藤周作著，林水福译，浙江文艺出版社 2020 年 1 月出版。

《银河系边缘的小失常》，［以色列］埃特加·凯雷特著，方

铁 译，浦睿文化·湖南文艺出版社 2020 年 5 月出版。

《巴别塔之后：语言与翻译面面观》，[美] 乔治·斯坦纳著，孟醒 译，浙江大学出版社 2020 年 9 月出版。

《怀疑者多马》，[美] 格伦·W. 莫斯特 著，赵画 译，生活·读书·新知三联书店 2020 年 6 月出版。

《寻路者：阿拉伯科学的黄金时代》，[英] 吉姆·哈利利著，李果 译，中国画报出版社 2020 年 6 月出版。

后　记

　　这本集子收录了我多年来陆续写作的五十余篇书评，它们最初发表在《读书》《南方周末》《经济观察报》《人民文学》《青年文学》《当代作家评论》《文史参考》《新民周刊》《艺术市场》《中国企业家》《北京青年报》等报刊。

　　感谢两岸出版人吴兴文老师的盛情邀约、推荐，感谢浙大启真馆总经理王志毅兄的支持与厚爱，感谢责任编辑叶敏老师的辛勤劳动。他们的共同加持，才有了这本书的问世。他们的纯粹和专业，更令我深为敬佩、感动。

　　同时，还要感谢最初刊发它们的各位报刊编辑及师友。这些文章多半源于编辑约稿，没有他们的信任，就不会有这些文字。这是我的第一本评论集，尤其值得铭记。

瓦当

2021 年 8 月 7 日于直方大精舍

图书在版编目（CIP）数据

也是人间小团圆 / 瓦当著 . —杭州：浙江大学出
版社，2022.2
（三昧书屋）
ISBN 978-7-308-22020-0

Ⅰ.①也… Ⅱ.①瓦… Ⅲ.①世界文学—文学评论—
文集 Ⅳ.①I106-53

中国版本图书馆CIP数据核字（2021）第239854号

也是人间小团圆

瓦 当 著

责任编辑	叶 敏	
责任校对	黄梦瑶	
装帧设计	蔡立国	
出版发行	浙江大学出版社	
	（杭州天目山路148号 邮政编码310007）	
	（网址：http://www.zjupress.com）	
排 版	北京辰轩文化传媒有限公司	
印 刷	北京中科印刷有限公司	
开 本	880mm×1230mm 1/32	
印 张	9.25	
字 数	168千	
版 印 次	2022年2月第1版 2022年2月第1次印刷	
书 号	ISBN 978-7-308-22020-0	
定 价	78.00元	

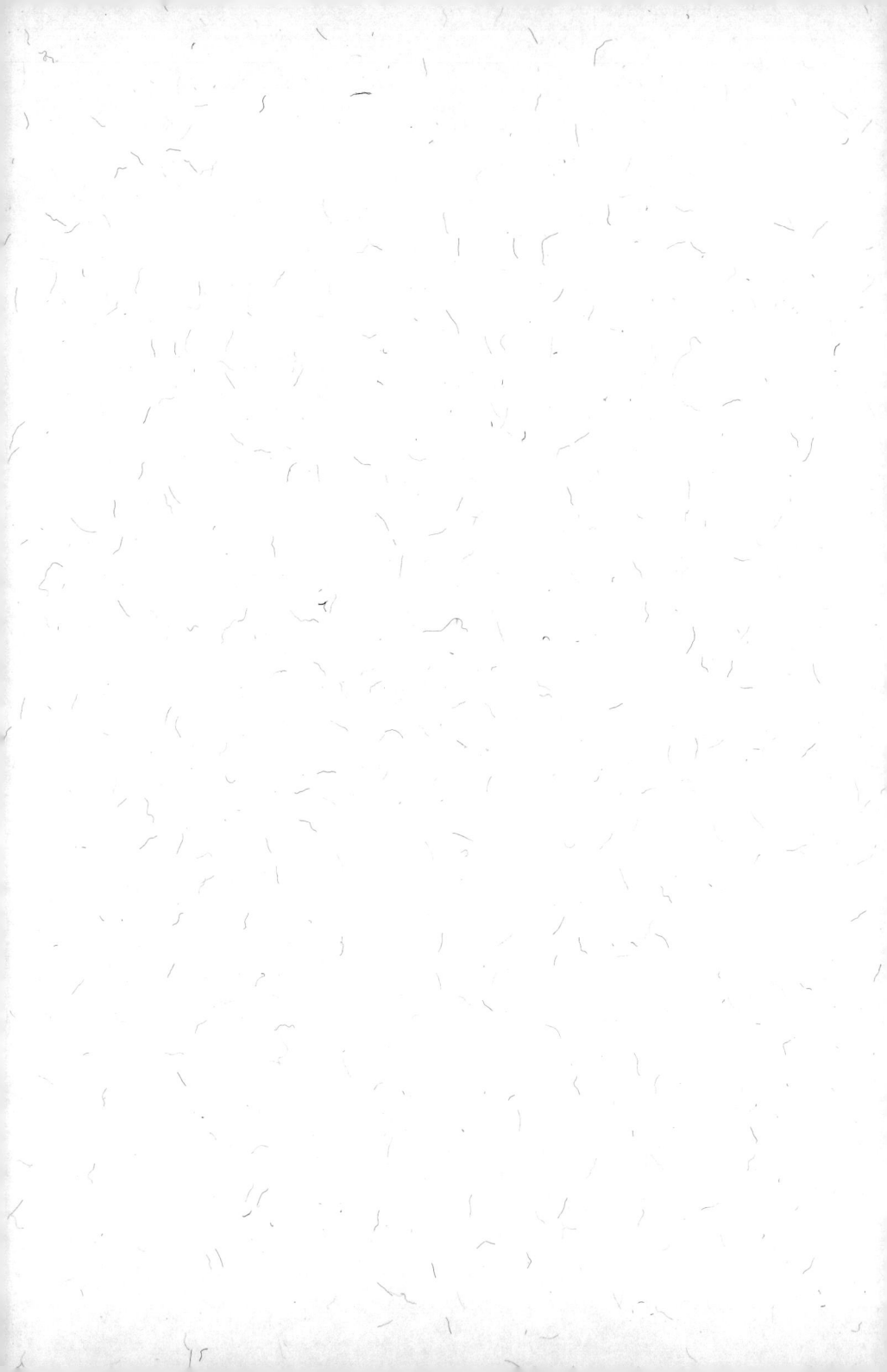